U0585063

建构
新型
宇宙

残雪 著

——博尔赫斯
短篇解析

作家出版社

残雪

残雪，本名邓小华，1953年生于长沙。1985年1月残雪首次发表小说，至今已有700多万字作品。残雪是在国外被翻译出版最多作品的中国作家之一。并且残雪的小说成为美国哈佛、康奈尔、哥伦比亚等大学及日本东京中央大学、日本大学、日本国学院的文学教材，作品被美国和日本等国多次收入世界优秀小说选集。2008年，残雪的七个中篇和短篇被收入日本大型丛书系列《世界文学全集》出版，残雪是唯一入选的中国作家。

2015年，残雪的长篇小说《最后的情人》获得第八届美国最佳翻译图书奖（为中国作家获此奖第一人），她于同年4月入围英国《独立报》外国小说奖，残雪2016年入围美国纽斯塔特国际文学奖。2017年、2018年残雪的长篇小说《边疆》和《新世纪爱情故事》先后在美国出版后，残雪被称为世界文学中"最有创造力、最重要的作家"。此外，美国和日本文学界都称她为"小说家与文学评论家"。

高难度的实验文学之谜（总序）

——写在我的文学评论集全体亮相之际

残 雪

我从事实验文学的创作已经有三十多年，而从事这一类文学的文学批评也将近二十年了。现在，不论在国内或国际上，都已经公认残雪的创作为高难度的创作，独树一帜的创作。那么我是如何创造出这样一种独特的文学类别来的？我的创作的根源与动力又在哪里呢？我得到了一个很好的机会让我来说明这类问题，从而可以给读者提供在文学探索中深入思考的刺激。作家出版社将同时出版我历年写下的文学评论，它们一共有六本。其中四本是评论卡夫卡、但丁、博尔赫斯和卡尔维诺的作品的专集，另外两本中的一本是评论莎士比亚和歌德的作品，另一本则是收录了我历年来写下的对一些作家的作品的评论，这些作家有国内的，也有国外的。像这样全面地展示一位比较深奥的小说家在文学批评领域内所进行的实验，对于出版界和作家本人来说都是第一次。

我的文学评论同任何人都不同，国际上也已承认这一点。我所从事的小说创作和文学评论这两个门类就像兄妹一样在我的文学王国里共同生长着，它们相互渗透，相互刺激，相互领悟，它们气质不同而又互为倒影。可以说，要想进入高难度的实验文学（这不那么容易，但来者必定受到欢迎），阅读残雪写下的文学评论会是一个极好的契机。从我个人的阅读体验出发，我敢说，我的文学评论很有可能带给读者一种恍然大悟的感觉。它们所评论的完全不是经典小说的技巧，而是通过欣赏经典提供一种崭新的打开眼界的现代人的思想方法。在中国，就我读到的作品而言，这种新思想和新艺术观极为缺乏，陈腐的观念一直在阻碍着文学的发展。

很多年以前我就通过阅读发现了，在整个人类的思想界有一条地下的潜流，早年它一直在静静地流淌着，直到近代，由于多种支流的汇合，它才形成了一条河流。我所指的，就是西方顶极文学艺术这一思想资源，我认为它的深度和丰富度已经超越了经典哲学，但长期以来它对于人类思想界的重要性和它的发展前景一直被人们大大地忽视和严重地低估了。人们认为文学艺术是感性精神产品，过多的理性思维夹杂其间会破坏作品的精神纯度。而我多年的阅读鉴赏的经验告诉我，以上的看法是极大的谬误！文学艺术的确是从感性入手的，但它们是否具有高超的理性，也是那些一流作品能否成功的关键。一流文学作品中的理性的运用是一种神奇的技艺，也许同个人的天赋直接有关。它不是像哲学作品那样推理，而是让丰富的感性思维循着场外的模糊召唤挤压碰撞成某种人性的图型。那场外的召唤就是文学家的强大的理性，它不直接干预创作，但却间接地统领着整个局面。这类理性比西方经典哲学中的理性更为有力量，从古到今那些侧重于纯艺术性创造的文学作品中就充满了它。我将这种文学称为"物质的写作"，它是依仗想象力来画出理性图型的实验，也是文学与哲学合一的最高典范。我的这些评论中分析的作品都具有这一类的特征。也许有的作家只在年轻时有过这种能力，但最好的作家都能将这种能力保持下去。因为物质的写作描写的就是你的世界观，你的精神境界。而你的灵感冲动的大小同你的理想的纯度成正比。在我的评论中可以看出，理性不是"夹杂"在质料性的情感性的想象力中，而是本身就由想象力凝结而成，这是我的理论同西方理论的最大区别。所以不少中外读者认为残雪的美学观念独树一帜。

我想在此提醒一下读者，如果你读过一些残雪的小说，却从未尝试过残雪的文学评论，那么你对残雪的感受和理解很可能是不够全面的。比如国内有不少批评者认为残雪小说属于非理性写作，我在上面已经进行了反驳，那么读者你，有没有深入地思考过这个问题？残雪的评论中就充满了对这类思考的启示。那也是一位老艺术家多年来从艺术生活中获得的灵感。在我的实践中，物质就是精神，二者是一枚硬币的两个面；艺术就是思想，而且是最高级的思想。年轻的作者们，如果你不甘于做一位"本色"作家，而要扩大眼界，攀登纯艺术的高峰，我的评论也会带给你力量。因为在这些篇章中，你将读到，艺术性就是人性，也是大自然的自由本性。我们的传统文化不足以支持一种新写作，必须努力向西方学习，才有可能超越西方，这是我作为过来人的体验，也是我这些评论中透出来的信息。我们不是学得太多，而是根本没有学透，似懂非懂地就下了结论了。人们说中国的前卫文学夭折了。为什么会夭折？为什么我们，具有数千年文化底蕴、在西方人眼中深奥神秘的民族，就不能够拥有自己的前卫文学，不能产生出一小批真正的文学探险者？在当今文坛上，很少有人发出这样的自我追问。

在这些作品中，我主张一种创造性的阅读，这种阅读要比写作更为艰辛，当然相应地也会获得更高的快感。我认为这种阅读是每一位从事新写作的作者所必须进行的训练，缺了这种训练，你写下的作品难以上档次。新型阅读同通常所说的技巧无关，它所实践的是一种思维训练，它要通过一种理性遥控的机制让你的大脑的某一部分产生奇思异想，它要让美丽的黑暗的物质在魔杖的点击下变成纯净的精神，又让透明的精神转化为神奇斑斓的物质。我们的前辈艺术家大师，例如但丁、莎士比亚、歌德、卡夫卡等人，已经给我们演示过这种提升人性品格，展示自由精神的魔术了。他们的最好的作品最忌讳的就是被动的阅读。所以我认为，这类高精尖文学的阅读者，最好是自己也能写一点东西，不然你的阅读很难真正有所收获。因为这些大师的顶级作品确实是写给有作家诗人气质的读者看的。

高难度的阅读当然不是为了自寻烦恼，更不是为了炫技。大自然既然给予了我们这样复杂的身体和无限止的思维感觉能力，当然是期盼我们去尽力发挥它，从而通过我们展示她自身的本质——因为我们人类就是她的最高本质。每一位热爱生活追求自由的读者大概都有这样一种需要，这就是在日常生活之余要有一点时间让自己的身心升华一下，或处于奇思异想的冒险状态中去冲刺一下。在这个时候，残雪的文学评论也许最能给你带来这方面的机遇。我的这些作品虽然不是可以轻易就读懂的，但只要有足够的耐心把握了某些线索，你的内在的能动性就会被调动起来，你也会跃跃欲试地处在精神冒险的激情之中。我这样说并不是信口开河，而是多年里头经过了一些验证的。总之，高难度的阅读是为了提升我们的艺术格调，催生更多的精神产品，让我们的身心与大自然的律动保持一致，生气勃勃，每日常新。

最后我想再一次对那些有志进行新写作的作者们说，我认为我们不进行西方经典文学的阅读训练几乎就不可能写出有新意的作品。因为我们住在一个缺少思辨理性的文明古国里，我们散漫而不够有力，只有通过西方文化的输血我们才能建构起仅仅只属于我们自己的独特的文学。

（一）

没有比博尔赫斯更具有艺术形式感的作家了。读者如要进入他的世界，就必须也懂得一点心灵的魔术，才能弄清那座迷宫的构图，并同他一道在上下两界之间作那种惊险的飞跃。否则的话，得到的将都是一些站不住脚的、似是而非的印象和结论。

在《世界性的丑事》这个早期的集子里，博尔赫斯就已经崭露了他在艺术上非同一般的天才。不仅仅他的抽象能力以天马行空的姿态自由驰骋，那种操纵全局的气魄和无止境的张力也令人惊叹。《心狠手辣的解放者莫雷尔》《女海盗秦寡妇》和《皇家典仪师小介之助》这三个短篇都可以看作不可遏制地爆发着的艺术创造力的颂歌。

在《心狠手辣的解放者莫雷尔》中，精神解放者莫雷尔诞生的历史氛围源远流长，艺术的源头将要追溯到某种怜悯心，那是由一名神父的慈悲心肠开始的（艺术同宗教情怀不可分）。人出于怜悯心介入了生活，结果却是适得其反，一连串骇人听闻的残酷降临了，解放从此成为不可能的事。以一股野蛮的冲力和一个狂人似的脑袋体现自身的解放者莫雷尔，从沼泽地的恶臭中，从自己孱弱的同类里爬了出来，凭着天才的灵性，开始了漫长的精神跋涉之路。为达到人类和自身的解放，他简直是无恶不作，其作恶的手段又别出心裁。看透了人生处境的他，心如明镜，深深地懂得"解放"究竟是怎么回事：解放就是被死亡在屁股后头追击的感觉，像那从一个种植园逃到另一个种植园的倒霉的黑人的刻骨体验。"目的地无关紧要，只要到了那条奔腾不息的河上，心里就踏实了……"[1]为了让人（或自身）获得充分的体验，莫雷尔诱使（以虚假的金钱与自由做诱饵）人不断冒死一拼，直到拼完了体内所有的力为止。从表面看，人什么都未得到，只不过是中了莫雷尔的奸计；从实质看，人什么都得到了，因为自由的真相就是逃亡时的感觉，而且人也谈不上中计，因为所谓欺骗是一种先验的存在。莫雷尔的天职就是解放人体内的创造力，手段也许过于残忍，但除此之外还有什么别的出路呢？在窒息生命的密西西比河流域，在遍布可怕的种植园的地狱之乡，除了莫雷尔的以承认蓄奴制为前提的自由，难道还会有什么别的自由吗？逃亡者不甘心，想要彻底解放，他们开始了突破莫雷尔规范的尝试，莫雷尔就让他们体验了所谓"彻底解放"是怎么回事——一颗子弹，一刀，或脑袋上被打一棍，然后是永久的安宁。那时人再也感觉不到先前逃亡时感到过的自由。在密西西比河流域上，人要活，就必须作恶。莫雷尔的杰出之处还在于，他在作恶之后能够进行痛彻肺腑的忏悔，忏悔中充满了圣洁的激情。当然这忏悔并不妨碍他继续活（作恶），毋宁说忏悔正是为了活下去。

久经沙场的莫雷尔，无论在什么样的逆境中也绝不改变自己的初衷，他脑子里那些疯狂恐怖的计划无不与解放相连，他体内的罪恶冲动也无时不体现着对自由的向往。他杀人如麻，让自己的躯体（他所率领的黑人队伍）不断遭受出生入死的磨难，为的是获得灵魂的永生。

从艺术的狂想之中脱身出来的博尔赫斯继续说："莫雷尔率领那些梦想绞死他的黑人，莫雷尔被他所梦想率领的黑人队伍绞死——我遗憾地承认密西西比的历史上并没有发生这类轰动一时的事件。"[2]但是已经迟了，莫雷尔已经率领过了那些梦想绞死他的黑人队伍——在博尔赫斯永恒的艺术梦境之中。

如果说《心狠手辣的解放者莫雷尔》中的艺术之魂露出的是阴沉和狰狞的面貌，那么在《女海盗秦寡妇》中，艺术则以它特有的热情狂放的叛逆姿态登台了，当然在狂放之际又显得有些难以理解。

　　秦寡妇是一名特殊的女海盗，同她的加勒比海的同行相比，她身上具有一种超凡脱俗的神性，就是这种神性保护了她，使她不至于像同行那样以上绞架为自身的结局。同女海盗玛丽·瑞特和安内·波内依同样具有无比的勇气与胆量，也同样的残暴、杀人不眨眼的秦寡妇，内心却隐藏了一种稀有的忧郁气质，这种气质使得她的一举一动都自相矛盾，遵循奇怪的逻辑。这就是故事中所指的狐狸本性。狐狸本性让她在关键时刻窥见龙的旨意，狐狸本性让她既服从龙，又反叛龙，也让她在获得无止境的宽恕的同时又受到无止境的惩罚。

　　秦寡妇的崭露头角发生在一个矛盾激化的时刻——人既违背了龙（最高理性）的旨意又背叛了自身的约束（秦），造反精神高涨的时刻。被拥为新首领的秦寡妇不同于秦之处就在于她的无止境的反叛之心以及对这种反叛的自审和彻底否定。一方面，她是绝不驯服的真正海盗；另一方面，她又将海盗的赞助者们称之为"口蜜腹剑"，并制定奇怪的法规约束下属，好像要搞得自己寸步难行似的。这样一名寡妇，"有一双昏昏欲睡的眼睛和一头比眼睛还要光亮的头发"。[3] 她是一名女魔王，烧杀抢掠，贩卖妇女。为了燃起更大的疯狂，她甚至同下属一道将火药掺到酒里面去喝。但是看看她在船上制定的法规吧，法规强调大公无私，严守纪律，严禁贩卖妇女（在船上）。违令者斩。此种对一般人来说不可思议、自相矛盾的法规，她的下属们却心领神会，使得她可以"指挥若定"。这样的法规必定来自于龙的启示。

　　皇帝的圣旨终于下来了，人的创造力同理性的制约进行了一场殊死的较量，海盗们将官府的战舰打了个落花流水，一时间人欲横流，魔鬼高擎艺术的大旗。但艺术的旗帜不仅仅属于魔鬼，它同时也属于最高理性。寡妇深深地懂得这一点。于是那个特殊的转折时刻出现了。那真是一个神秘而又特殊的时刻，空气中充满了龙的暗示和隐喻，美即将从恐怖中诞生。"一天，月儿圆圆高悬空中，水也变红了。

看来，故事已接近尾声。……秦寡妇明白了一切，她将双剑投入江中，跪在船上，命令把她带到官府的旗舰上去"。"狐狸寻求龙的保护"。⁽⁴⁾这样的时刻就是魔鬼同上帝晤面的时刻。此后狐狸当然本性不改，艺术创造的规律就是如此。秦寡妇到了老年又从事鸦片走私，她以她永不消失的活力，获得了"真理之光"的称号，继续将她的创造进行下去。

高傲的秦寡妇的一生就是艺术活动的再现。龙和狐狸缺一不可。无论龙的淫威有多大，海盗们绝不低头；反之，无论海盗们多么无法无天，他们始终在龙的制约范围之内。艺术生涯就是煎熬，就是疯狂的突进与虔诚的归复，就是地狱的起义与来自上天的降伏。秦寡妇变成狐狸的起因则是她丈夫的死，死者用鲜血让她启蒙，她于一瞬间领略了人生的要义，开始了艺术生存的辉煌历史。小说中的秦寡妇还具有中国文化的背景，这是博尔赫斯用外国人的眼光所看到的中国文化的启示。

三篇小说里面最为阴森的是《皇家典仪师小介之助》。这是一个东方的忍辱负重的复仇故事。在博尔赫斯这种晦涩的讲述里小介之助的形象到底是什么呢？作者一开始就告诉了我们："他值得所有人称赞，因为他是忠诚的典范，是一个永恒事业的阴暗而又必要的契机。"⁽⁵⁾什么样的事业呢？当然是博尔赫斯耿耿于怀的艺术事业。艺术需要复仇，复仇将会使灵魂之火猛烈燃烧，迫使人做出那致命的一跃。复仇产生于人所受到的屈辱。精通艺术规章的大师小介之助，怀着阴险的意图，将无限的屈辱强加到人的身上，迫使人触犯天条，进行前所未有的反抗。为了让反抗变得更加艰难，他还堵死了所有的缺口，让人陷入绝望之中。他预料到自己这种公然的挑衅的结果会是什么，那结果正是他所期盼的，因为他是早就将生死置之度外的、对永恒事业无限忠诚的典范，他的天职是激发人的血性，让那复仇的火种永不熄灭，直到有一天燃成熊熊大火。东方人深不可测的心计使他得到了典仪师的高位，他将忠于职守，把复仇的戏导演到最后。

小介之助知道，人的忍耐与承担的能力几乎是无限度的，所以他才肆无忌惮地、阴毒地对人的心灵进行一次又一次的伤害，因为这是人类的命运，也因为人一定会前赴后继地来进行复仇。而他，在复仇的戏未演完之前绝不会消失，赤穗的反抗不过是在他前额留下一道小小的剑伤，那就像他馈赠给人的荣誉。果然，后人遵循小介之助的逻辑发展着："他们一心只想复仇，但同时又觉得复仇的愿望很难实现。"(6)他要的就是这种效果。只有严密的镇压才会导致全盘的爆发。最高典仪师的目光穿透了人的本性，他只要坐在家中，世界便会绕着他转。然而人是多么的可歌可泣啊！为了一种纯洁的理想，他们放弃了自己在尘世所有的一切，沦落到生活的最底层，被糟蹋得不再像人。他们承受的这些苦难，正是复仇所要求于他们的。经历了长长的一年的折磨，人的阴谋得逞了（这阴谋就是小介之助于无言之中给予人的灵感），复仇的激情如同辉煌的梦魇，乱箭纷飞，鲜血四溅，生命的冲动战胜了艺术的法则。但小介之助不会自动退出舞台，因为人的胜利是他所导演的，他知道人不可能永久胜利，他所忠于的法则正在那边为胜利者掘坟墓。没有了仇恨，没有了激动，没有了遗憾，对于人来说现在意味着死。于是武士们愉快地遵从最高法院的判决，纷纷自尽。他们为理想战斗过了，他们显示了人的辉煌，这就是那种最高的忠诚。

这个故事里描述了两种忠诚。小介之助的忠诚是维护最高的法则，也维持理想的模式，为此他必须不断将苦难加在人身上。所以说他是"一个永恒的事业的阴暗而又必要的契机"。武士们在最后要他自杀，那完全是他们被胜利冲昏了头脑的举动。他，皇家的典仪师，怎能不将皇家的规章贯彻到底？所以他拒绝了这些暴民的无理要求，死得像个英雄。武士们的忠诚则是对复仇理想的忠诚。皇家的严厉规章正是要通过无法无天的复仇冲动来体现，小介之助的抽象法则必须借助武士们的血肉之躯的反抗变为现实。两种忠诚必须互补，才能导演完整的复仇的戏。所以从表面看，两种忠诚势不两立，深入到内部才知道目的原来是一个，归宿也相同。一种艺术理想的实现就是这两种忠诚的实现，人只有不断挣扎，永不放弃精神的复仇，才会体会到最高典仪师的意志，从而永久地处在艺术生存的意境之中。

以上三个晦涩的故事都是关于心灵、关于真理的故事。博尔赫斯借助古代传说或经典著作来讲述心灵故事的高超技巧在《〈吉诃德〉的作者彼埃尔·梅纳德》一文中得到了生动的描绘。毫无疑问，梅纳德就是博尔赫斯这种类型的艺术家的化身。肩负着神秘使命的艺术家梅纳德，决心要写一部"在地底下的，具有无穷英雄气概的，无可比拟的作品"。这部作品是"我们时代的最有意义的作品"。[7]这部作品的名字也叫《吉诃德》，它的内容包括塞万提斯的《堂·吉诃德》的第一部的第九章和第三十八章，以及第二十二章的一个片断。作者这种讲述听起来好像胡说八道，其实话里头潜伏着异常严肃的用意。梅纳德要做的不是精细的模仿，而是从艺术的统一性和精神的普遍性出发，用梅纳德的个体经验来超越并再现塞万提斯的《堂·吉诃德》。这样的创作混淆了时代与地域的差别，但却将原作里永恒的东西继承下来并发扬光大。从这个意义上说，梅纳德的《吉诃德》就是塞万提斯的《堂·吉诃德》（所有的书都是一本书）。梅纳德以他"无限的更为丰富的"体验，以他包容一切的辩证的眼光，重写了塞万提斯的《堂·吉诃德》，将一种几乎是不可能的创新在想象中实现。当然这样一本书是在地下的，手稿也不再存在。但谁能说想象中的东西就是不存在的呢?

文章逐字逐句对照了塞万提斯的《堂·吉诃德》第九章里的一段话与梅纳德的《吉诃德》里的一段话，实际上两段话一模一样，但写下这两段话的作者的用意却完全不一样，甚至相反。塞万提斯提到的"历史"也许不过是教科书上的历史，而梅纳德提到的"历史"明确地指向精神的起源，一种以不变应万变的永恒性。就这样，梅纳德以他罕见的敏锐性使经典著作获得了新的生命力。梅纳德的这种写作其实也是一种崭新的阅读技巧，它"丰富了处于停滞状态的基本读书艺术，那是一种有意地制造时代错误和胡乱归属的技巧"。[8]博尔赫斯道出了艺术作品的本质：它是不可重复的，又是在新的创造中不断得到重复的。所有的艺术作品都是地底下的书。梅纳德那本字迹模糊的地底下的书，要等待新的梅纳德将这个特洛伊挖掘出来，使之复苏。

一方面，梅纳德是具有现代气魄的艺术家，敢于破除经典的迷信；另一方面，他又非常谦虚，因为他写下的一切，是"预先"写下的，早就存在于历史上的东西，真正的经典必然包含了这种东西的萌芽。"思考，分析，发明……是知识分子的正常生活"。[9] 梅纳德思考过了，分析过了，也进行了独特的发明，他的吉诃德是完全符合塞万提斯作品原意的吉诃德，他的决心要让书消失的吓人企图正是现代艺术家创作的初衷，每一个阅读他的字迹模糊的地底下的作品的读者，必须充当考古挖掘人的角色，在加入创造的同时与作者共享发现真理的喜悦。

为什么梅纳德没有在现实中留下他的书呢？因为永恒的真理不是任何书可以达到的，它总是同人拉开距离，人只能隔着距离去描绘，这样的书没法最后完成，它只能存在于梅纳德的头脑中——那焦虑、迷惑、痛苦的头脑。梅纳德在阅读塞万提斯的《堂·吉诃德》时，就体验了这种永恒，这种状态表现为一种饥渴，而不是以书籍形式固定下来的满足。除了连续不断的想象之外，人还有什么其他的接近永恒的途径呢？书只是记录那想象的记号，它的作用是唤起想象，对象永远在书之外。

注：

(1) 《博尔赫斯文集·小说卷》，海南国际新闻出版中心 1996 年版，第 10 页。
(2) 同上，第 13 页。
(3) 同上，第 23 页。
(4) 同上，第 26 页。
(5) 同上，第 27 页。
(6) 同上，第 28 页。
(7) 同上，第 91 页。
(8) 同上，第 98 页。
(9) 同上。

（二）

人们——欲望

哈金——真理的使者

《戴假面具的洗染工哈金·德·梅尔夫》讲述的是人如何拯救自己灵魂的故事。整个过程笼罩着阴谋的氛围而又令人感叹不已。

故事一开始描述了哈金早年的精神轨迹：他降生在悲哀的、令人厌恶的城市，酷烈的沙漠气候扼杀了幼年心底的一切希望；他继承了上辈留传给他的洗染手艺，他意识到这种手艺是人在无可奈何的处境之下的权宜之计，是那些缺乏立刻赴死的胆量的"意志薄弱者"和"假冒者"的工作；洗染工用神奇的手艺抹去了善与恶、美与丑的世俗区分，用令人厌恶的颜色覆盖一切生灵，而这种该诅咒的职业却是通往真理的桥梁。他的职业终于让他的肉体从大地上消失了，到他再回来时，他已经成了一名真正的预言家、真理的使者。现在他要在欲望与理性、灵魂与肉体之间发起一场圣战，最后通过牺牲来将自己的灵魂救赎。他已经见过了上帝，窥破了天机，上帝授予了他在人间生存下去的面具，也授予了他拯救的权力——在不可获救中进行救赎努力的权力。哈金回到人间的时刻，正是那些人欲横流的贱民等待斋月（禁欲措施）降临的关头，上帝让他们在这样的关头同真理的使者相遇。贱民们渴望哈金来解救他们的灵魂，哈金则要通过他们来解救自己的灵魂，一切都像是一场阴谋。哈金要求人们进行圣战，通过付出牺牲来得救。战争进行了，哈金不断取得胜利，但胜利的果实不断被消解，结果只是将军的变换和城堡的放弃。邪恶的欲望以呼啸的利箭的形式显示着威力。但哈金领导的战争并不是要消灭欲望，也许却是要让欲望的烈焰烧得更旺。他的军事行动就是骑在棕红色的骆驼背上，用神能听见的男高音在战斗的中心不停地祷告。哈金究竟要干什么呢？他有着什么样的阴谋企图呢？谜底终于显现了。两极之间的战争到了白热化，哈金等待天使的援救，上帝做出了符合他心愿的安排。最后的安排是这样的：哈金被自己人扯下了面纱，人们看到了一张麻风病人的脸。感到受骗的人们在愤怒中用长矛刺穿了他。哈金终于通过自己的牺牲拯救了自己，也可以说他在理性的监视之下用欲望战胜理性的方式解救了自己。

故事从头至尾处在一场大骗局之中，这骗局是哈金代表上帝为人们所设下的。他让人们把麻风病人奉为自己的首领；他伪装有超人的德行，却让一百多名被他刺瞎了眼的女人承担满足他淫欲的义务。哈金并不想否认欺骗的事实，他只是想通过这种高超的欺骗告诉人：人不能看见真情，看见了就要瞎眼，只有自欺是唯一的活路，是人的命运。而他哈金，是唯一知道自己自欺却仍然戴着面具进行圣战的人。哈金的世界观是推崇至高无上的虚无，将这神秘的能折射出影子的虚无奉为上帝。对于我们居住的土地，他的态度是矛盾的，他认为人欲横流的大地是个错误，令人恶心；同时又认为这恶心是大地的基本美德，人可以通过禁欲或放纵来达到这种美德，并在有意识的禁欲和放纵中来救赎自己。哈金的地狱是难以想象的永恒的煎熬的场所；哈金的天堂之幸福是告别、自我牺牲和自知睡着的特殊幸福，二者同样令人绝望。因此哈金从天堂下放到人间所担负的也是知其不可为而为的使命，正如他在一开始就告诉人们的：他们等待的只是斋月的奇迹，而他要提供给他们的则是人的奇迹——终身受苦、死而后已的榜样。接着他就发动了阴谋的圣战，他在欲望的惊涛骇浪中驾驭着理性的船，坚定不移地驶向彼岸。欲望既是他的动力，又把他推向牺牲的祭坛，而这正是他所追求的。早年的染工生涯让他学会了深入本质的技巧，后来同上帝的遭遇则让他获得了发展自身的秘密武器。哈金的"阴谋"就是创造性地运用这武器调动原始之力，来进行真正的内心的圣战，在放纵与牺牲的两极之间领略上帝的意志，让自己不断感受获救的幸福。

（三）

《汤姆·卡斯特罗：一桩令人难以置信的骗局》假借一个冒名顶替的故事，尽情地阐述了深奥的艺术规律。

波格雷是一位建构艺术形式方面的魔术师，他的力量来自丰富的审美经验的积累，但他自己却不能表演，并且他只相信一件事：神的启示（艺术灵感的源泉）。于是不寻常的一天到来了，他终于同来自灵魂深处的，略显迟钝而内面顽固的灵感扮演者奥尔顿谋面了，这一对搭档立刻就得心应手地开始了他们的伟大事业，规律由此得到实现。

妙不可言的蒂克波尼夫人（心灵激情的象征）给这二位野心家提供了良好的创造机遇，她不断地通过报纸向波格雷这一类人发出信息，等于是曲折地邀请他们二位进行那举世无双的创造。奇迹就这样在三位之间发生了。一切都是那么自然、饱满，充满了美感。这桩不可思议的事说明了：激情是不拘泥于固定形式的；相反，真正发自内心的激情正是对于现存形式的突破；夫人幸福的泪花便是一种新的形式诞生的确证，关键只在于内面是否真有冲动。在这一奇迹中，奥尔顿在无所不知的波格雷的引诱下，以其卓越的、破除规范的可信的表演，赢得了充满渴望的蒂克波尼夫人的心，让心的激情得到了宣泄，展示了陌生化的形式的无穷魅力。从而也就提出了这样一个准则：越是从未有过的，越具有艺术上的可信度；全盘的颠覆与挑战产生的往往是最有生命力的艺术。于是完全被激情所征服的母亲从一个陌生人身上认出了她朝思暮想的死去的儿子，而其实，死去的儿子也只能以这种全新的形式复活。形式是艺术之魂，是一切。此处也涉及了艺术中传统与创新之间的关系，奥尔顿即取代旧传统的新传统。博尔赫斯写道："波格雷满意地笑了，罗杰·查理平静的灵魂可以安息了。"[1]因为罗杰通过这个迟钝而充满爱心的替身奥尔顿获得了真正的新生，而母亲心中的激情也得以不断延续。但激情并不到此而中止，每一次的高潮中都潜伏着更大的危机。

现代艺术的规律排斥大团圆似的平静，它是不安的、反复无常的，继续向纵深挺进是艺术家唯一的出路。故事出现了悲惨的转折：新的矛盾从核心展开，艺术本身那无法证实自己的痛苦又一次占了上风，对奥尔顿身份的挑战越来越激烈，夫人的死去令这一对搭档面临灭顶之灾。然而这种氛围正是波格雷大显神通所需要的，兴奋的波格雷求得神的启示，让潜在的新矛盾表面化，并挑起更大的冲突。做完了这一切之后，他又以自己的毁灭来将奥尔顿抛到那种无依无傍的自由境界里，逼得他非独立表演不可。他的死向奥尔顿指明了道路：继续自相矛盾，并以自相矛盾这种方式来追求，直至最后。奥尔顿从波格雷那壮烈的毁灭中领悟了艺术的真谛，"从此，他走遍了联合王国的每个村庄和城市，每到一地，必发表简短的演说，不是谈他的清白无辜就是承认他有罪，出于他那谦逊和随和的天性，他总是顺着听众的意愿讲话，说起话来，往往由替自己辩护开始，又以忏悔自己的罪过结束"。[2]

注：

（1）《博尔赫斯文集·小说卷》，海南国际新闻出版中心 1996 年版，第 18 页。
（2）同上，第 20 页。

（四）

巴比伦王国——精神王国

彩票制度——精神模式

抽签——个体获取时间

赌博——将生命力转换成精神体验

彩票公司——理想制度制定者

巫术——彩票的预言性质

巴比伦历史——精神发展史

　　《巴比伦彩票》中的推理者"我"是一名古老的巴比伦人，历史本身的载体。在"我"身上，善与恶，希望与恐惧的绝望，阴与阳，有与无都是尖锐对立、相互制约，又平衡发展、相伴相随的。使得我如此丰富的原因是我所从事的彩票活动。彩票的实质是什么呢？它是精神的发展方式。据说精神本身是受神道支配的高深莫测的东西，巴比伦人那亵渎神明的旺盛的生命力不知不觉地将对精神的追求变成了彩票形式，或者说，彩票制度的健全激发了巴比伦人的精神追求。人们通过抽签来从上帝手中获取时间，心里抱着赢的希望，实际上永远只能做输家，因为时间并不能真正属于自己。输了的人们选择监禁，为的是用外部的自由来换取内心的自由，也为了让赢家得不到世俗的利益。这样一来，彩票失去了功利的性质，变成纯粹的恐惧与希望的赌博。至高无上的彩票公司向巴比伦人行使相当于神职的权力，新的秩序在变革中逐步形成。这种新的秩序具有平民性、普遍性，深入人心；而与此同时，它又由于其神秘性，由于其对暗示和巫术的运用而魅力无穷，使得人更加死心塌地地要遵循到底。当然巴比伦人并非出于猎奇而买彩票，不如说他们购买彩票是出于一种古老的信仰或一种身不由己的冲动。

▶ 虽然听来难以置信，到当时为止谁都没有探
  讨过赌博的一般理论。巴比伦人生性不爱投
  机。他们尊重偶然性的决定，捧出自己的生
  命、希望和惊恐，但从未想到要调查其扑朔
  迷离的规律和揭露规律的旋转星体。[1]

这是巴比伦人在神面前的谦逊，也是他们无条件的奉献。

精神并非"巫术"，只是与巫术之类的事有关而已。巴比伦人看重的是时间本身。他们看出彩票给人提供的是一个矛盾，即死——不死的矛盾，他们一进入这个矛盾就找到了人的可能性，那就是无限制地从上帝手中获取时间。既然最后的签永远抽不到，人就可以于瞬间中去体会彩票制度的完美，用一次又一次庄严的抽签活动将时间分成无数片断，怀着永生的希冀沉迷于活动中，捧出自己的生命将这种高级的不带功利只重奉献的赌博搞到底。

签文是无法预料的，大概是人的灵魂变幻莫测吧。今天给你十磅黄金，也许明天就给你一条眼镜蛇。巴比伦的历史学家具有全世界最明察秋毫的眼光，他们能纠正错误，保持精神活动的顺利开展。这说明他们虽不研究规律，他们的本能总能与其一致。不过历史的书写总是有虚构的成分，它不等于时间，真正的时间要靠亲临其境去体会，于是这种特殊的记录只能是以暗示和预言来唤起当时的情境。不时地，那个既隐蔽又操纵一切的彩票公司也引起人们的怀疑，因为一切都太不可思议了，同骗子的花招没有区别。它像一个"场"，又像代

表了上帝的旨意，谁也搞不清它的底细。巴比伦人唯一可以断定的就是：生活是一场无限的赌博，每个人，只要活着，就会挡不住抽签的诱惑，监狱是他们向往的处所，抽签仪式令他们的灵魂战栗。他们喜欢这样，他们的身体和灵魂告诉他们。

伟大的巴比伦人，是他们发明了彩票，随之也发明了时间，发明了历史。彩票制度越完善复杂，历史越多姿多彩，而人，只要坐在黑暗的小屋里，就能看到宇宙的沧桑变幻，听到时间的脚步。人进入彩票世界的矛盾中，将体内的活力转化成没有止境的、高度紧张的思维活动，人自身就成了无数对矛盾的统一体，思维的张力也变得没有限度，而被解放了的思维又进一步推动了彩票制度的发展。

注：

（1）《博尔赫斯文集·小说卷》，海南国际新闻出版中心 1996 年版，第 109 页。

（五）

《赫尔伯特·奎因作品分析》是艺术家对自己的创作结构（或者说灵魂结构）以及他与读者的关系进行深入分析的尝试。具有清醒的创作意识的艺术家，早就知道纯艺术之深奥，被大众误解之不可避免，作品被曲解是艺术家的命运；他也知道造成这种局面的主要原因在于作品的革命性和未完成性，以及作品内含的那种吸引读者又排斥读者的矛盾性（"街头巷尾的对话几乎都能成为好的文学作品……作品的美不能缺少某个令人惊讶的成分……他的书非常追求令人吃惊的效果"[1]）。艺术家同读者的这种关系成了他长期以来的心病，他的心渐渐冷下去，似乎对一切都不抱希望了。但在灵魂最隐秘的深处，仍然潜伏着那种最最热烈的期待。因为这下意识的期待，他不断创新，在作品中向读者发出邀请的信息，那邀请一次比一次急切，信息量一次比一次浓密。最后，他一不做二不休，将未完成的作品直接交给读者，使读者如果不参与创作就无法阅读。

文中塑造了一个极为独特的作家奎因。这个作家不关心公认的历史，仅仅只关心艺术史（灵魂史），只执着于内心独特的体验（时间）。他是一个寂寞的人，他的所有的创作都一直处于试验阶段。这个作家的作品通常引起普遍的误解，是因为它们的深奥内涵同古典作品并不相同，而一般的读者只看见了作品那古典的外表，没有觉察到外表之下以全新的形式发展了古典文学的深层结构。

接着文章分析了奎因作品的整体结构和细部结构，甚至画出了结构图来说明。使人感兴趣的是一个作家的脑子里怎么会产生出此种结构的故事，这种作品同那种观念先行的创作（例如阿加莎·克里斯蒂）有何本质的不同。这样的创作的确是十分奇妙的。在故事里，时间可以无限分岔，寓言套着寓言，就像是创作者为了狂热地追求"对称和谐、随心所欲和喜新厌旧"而舍弃了一切；但这种效果又绝不是刻意追求可以达到的，刻意的追求只会适得其反。不如说，一切都是浑然天成，因为它们是灵魂本身的图像。作者通过一种神秘的写作方法使这些图像从黑暗的处所浮到了表面；而阿加莎·克里斯蒂的侦探故事则是出于有杰出推理能力的头脑，其写作的方式并不神秘。这种作品的阅读也需要读者具有一种超出世俗的境界，因为作品提供的是非平面的、向内深入的立体图像。三分法的结构勾出了时间的无限分岔，阅读必须是能动的，必须加入那种灵魂冲突的描述，否则就会落入二分法的俗套。以《曲径分岔的花园》为例，其中的结构为："我"——敌人（死神）——命运。这个故事由于其中浓密的死亡意识而使讲述达到了灵魂的深度。但如果以一种模仿的方式来读的话，其结构就变成了："我"——单纯的敌人。整个故事成了一般的侦探小说，因为其中缺少了死亡意识。大众的阅读往往总是只能达到二分法的模仿，这是艺术家摆不脱的遗憾。当人们将奎因的作品同通俗的侦探小说混为一谈时，艺术家内心的主张只能用新的作品来再次阐明（离了作品他就难以进行阐明），当然这新的作品很可能又落入俗套的解释。这种循环使艺术家的悲哀永恒不破。三分法将我们带入无限广阔的独立王国，那种破除了年代顺序的交叉阅读开阔了我们狭小的视野，我们的眼光将变得比侦探的眼光还要敏锐，在死亡游戏中不断找到超越的途径。

然而三分法的结构还不能满足艺术家要达到永恒的渴望，这种故事容易引起的读者的误解也令他不安。于是奎因又发明了两幕英雄短剧，在短剧中，想象力得到更为自由的驰骋。他在这部杰出的短剧中将讲述人和故事，讲述人与作者，不同的讲述空间与时间之间的界限通通融化，让原始的欲望用缺席的方式同死亡直接晤面（请看《阿莱夫》《萨伊尔》等等）。两幕短剧由于一幕套着一幕，两幕就只能同时演出，于是最高贵的与最淫秽的，最具有生命力的与最空灵的便合成了一个角色，短兵相接的瞬间转化成同时演进，势不两立的对立面变成了统一体内的层次区分；由此产生的激情既邪恶又纯净，简直令人发疯。短剧发表后，被人们用弗洛伊德的心理学来作出解释；奎因又一次遭到了惨败。

屡遭误解的艺术家奋起一搏，又写下了一部天书似的作品。他要在这部作品中消除读者与创作者的界限，提供一种前所未有的阅读，以这种阅读方式激起读者的创作欲，将读者变成创作者，而不是满足于单纯的模仿。奎因终于成功了，他的作品激起了博尔赫斯的续写——读者哪怕只有一个，成功也是巨大的。这正是现代艺术的景观：每一个读者都是潜在的作者，后人续写前人未完成的故事——续写的作品也同样是未完成的。

注：

（1）《博尔赫斯文集·小说卷》，海南国际新闻出版中心1996年版，第113页。

（六）

一、特隆·乌克巴尔的到来

"我依靠一面镜子和一部百科全书的结合，发现了乌克巴尔。"[1] 博尔赫斯开门见山地说。镜子的自审功能导致精神的分离与生殖，其邪恶与污秽的形式同生命产生的过程相似。人在深夜里，在那散发着妖气的镜子的窥视之下，就会同特隆·乌克巴尔相遇。可见高居于世俗之上的特隆·乌克巴尔社会，要通过特殊的交媾来发现。特隆由生命自身的活动中产生，它的纯净来自于载体的污秽，这使得它带有某种邪恶的味道，就是这种气味使得世俗的百科全书都将它排除在外。然而特隆·乌克巴尔尽管虚幻，难以理解，它仍然是人类的一种特殊的知识的结晶，因而它被记录在某一本被人遗忘了的百科全书里头了。人刻意去寻找时是找不到的，只能不期而遇。

二、特隆的本质

人同特隆·乌克巴尔相遇之后，便想要弄清这个世界的本质。然而人对它凝视得越久，越确信：特隆的本质是模糊的。领地的边界模棱两可，历史十分简单。所有的人想了解的依据全都不可靠，只有语言文学部分中的一个特点值得注意，那就是"乌克巴尔文学具有幻想品格，它的史诗与传说从不指向现实，而单表两个幻想的所在……"[2] 这就是特隆世界的本质！特隆是一个幻想的王国，它同一切世俗的规范都不相干，人在凝视中看到的模糊景象是无限的创造力的涌动，是"无"和"有"的纠缠，是丰富到极点的混沌，是限定与突破的统一。

这一切让人不安又吸引着人对它进行深入的探讨。

三、特隆的社会

　　特隆的社会属于以幻想为生活的人。一个名叫赫勃脱·阿舍的铁道工程师就是这样一个人。这个人"一生充满了虚幻，以致死了之后，还不如活着时更像幽灵"。[3] 这种充满哲理的描述告诉我们的是，要理解特隆就必须有虚幻感，虚幻只能是活人的感觉（它随人的生命结束而消失），阿舍的幽灵形象正是内在的活力所致。以哲人形象出现的阿舍，所关心的是时间的永恒性（"每隔几年，他都要回英国一次，去探望〔从他的照片推断〕一座日晷和几棵橡树"[4]），和生命的体验（"时不时看那空中不可重复的云彩"[5]）。直到阿舍死后，"我"才了解了他的事业。有人给他寄来一个挂号密封的包裹，里头是一本大八开图书，图书里面就是特隆的世界。"我"在翻阅这本书时的第一感觉就是一阵轻微的头晕。这一感觉是特隆社会的本质引起的，特隆的使命绝不是让人在彻悟中归于平静（如同伊斯兰教中那甜美的夜中之夜或中国文化中"天人合一"的境界），而是使人在分裂与增殖中不断怀疑与否定，人只要加入进去就会晕眩，而这种晕眩就是人活着的标志。特隆的"勇敢的新世界"是由人类的精英(天文学家、生物学家、形而上学家、诗人等）发明创造出来的，它是人的思维的最高结晶，本身是一个完整的宇宙。这个宇宙绝非杂乱无章，较之世俗的社会，它的统一性和连贯性令人惊叹。奇怪的是，这个世界的内在运行规律却又是以"任意的方式形成的"，也就是说，它由人的自发的冲动来决定其自身的规律。在这里作者一语道出了特隆与人性之间的关系。特隆发展的动力原来就是人的冲动，这同我们起先凝视特隆时看到的那种模糊景象是一致的。自由的冲动产生了严格系统的世界，这是什么样的魔术啊！理所当然地，特隆的社会成了最符合人性的社会。但是特隆社会却无法从世俗中找到比喻，因为它是一种高高在上的理想，它的内部秩序和规律都不能在世俗中找到对应物。首先它的语言就是否定约定俗成，强调瞬间感觉的。世俗语言中的名词和动词被排除在特隆语言之外，因为它们往往束缚了想象的飞升。只是这种对现存语言的否定并没有消灭语言，反而导致了语言的增殖，这是特隆的矛盾。特隆还突出了人的精神在宇宙中的地位。思维过程就是这个社会的构成，哲学成了真正的玄想，艺术的创造必须从零开始，凡是从未有过的，都是特隆的思想家们所追求的，凡是公认现存的，都是他们要加以怀疑、动摇和否定的。但是他们所建立的体系就包含了对体系自身的否定，因为作为个体他们都是分裂的："当我们在此地睡着时，就在彼地醒着，因此，每个人都是两个人。"[6]

这样一个倒行逆施的社会当然只能偶尔出现在某一卷被人遗忘了的百科全书的末尾，奇怪的是人类那些最优秀的人才全都在为这个信念贡献毕生的精力。他们造出了"透明的老虎和血铸的塔"，"产生了许多令人难以置信却又结构完美或影响巨大的体系"。他们以自己虚幻的、难以证实的劳动影响着后人，将他们也卷进另一种探案似的劳动中去。后人将跟随这些先驱进入特隆，并自觉地发展出自己的体系。

四、九枚铜钱的比喻

这种分析并非如通俗理解的那样是强调不可知论，不如说，它强调的是个体经验的不可重复性与人的认识的同一性二者之间的统一。对这个比喻的讨论展示了特隆信念上的强烈的理想主义色彩，这种信念即世界是可以认识的，个体与个体之间是可以沟通的（"在特隆，认识主体是唯一的和永恒的"）。从拾取铜钱的经验之一次性、不可重复性来说，甲、乙、丙三人各自拾到的铜钱与此前丢失的九枚铜钱无关；而从经验的同一性来说，三人拾到的铜钱都是那九枚铜钱中的一部分。将这个例子运用到文学创作上就变成：此作品绝不等于彼作品，每部作品都是独一无二的发明；而同时，所有的作品都是同一部作品，因为作品中重复的永恒人性都是一个。

▶ 书是各不相同的。幻想作品只有一个情节，
但又千变万化。哲理性作品则一成不变地包
含着命题与反命题。即对同一学说的雄辩支
持与反击。一本书如不以自我否定而结束，
即被视为不完整。[7]

　　深通辩证法奥秘的特隆社会，将认识的主体提到了无限的高度，从而让人的思维如脱缰的野马般驰骋。这样做的结果使他们得到许多意外的收获：他们发现，真实是不断得到重复的，历史给后人留下了宝贵的方式方法；他们还发现，对真实的认识具有寓言的性质（如挖出一个生锈的铁轮，其生成年代在这次挖掘之后）；他们也发现，人的认识具有轮回的规律，那就是真理呈现自身的规律。总之，是人的幻想，人的不懈的探索和实验，使得世界具有了意义。"典型的例子是那道门槛：乞丐每天光顾时，它是存在的；乞丐一死，它也便消失得无影无踪了。有时候，几只鸟，一匹马，挽救了一座露天剧场。"[8]
　　认识又必须是相对的，不包含矛盾的认识必定站不住脚，因为认识本身就产生于矛盾——人的肉体与人的精神的分离。在这个意义上，永恒的作品以自身的虚幻否定着自身，读者则在虚幻的前提之下抓紧机会发挥着世俗的激情，以体验永恒。

五、证实特隆

　　特隆的社会只存在于传说之中，然而它又是一种事业，它的社团成员一代又一代的不懈努力就是要向上帝证明：凡人完全有能力构成一个世界。他们成功了，当然这种成功还是只能存在于有些神秘味

道的幻想之中。特隆有时化为一套奇怪的百科全书，有时又变为一只不属于世俗的罗盘，还有时变成一只其重无比的小金属锥体。所有这些"异物"源源不断地通过秘密的渠道进入现实，改变着人的思维方式。接触到这些异物的人将会发现，他们接触到的是一个辽阔无比的世界，它以其高度的纯粹表明了理想的不朽。它又是一个遵循神圣规律的迷宫，人一旦进入这个迷宫，常识立刻解体，人被眼前的幻象所打动、所迷惑，不由自主地加入陌生的运动中去。特隆以自身的虚幻竟然不断变革着人类的社会与科学，而这种变革又全是通过幻想来达到的，它的实体仍隐藏在云雾后头。但社会与科学的变革，人的精神的净化，本身不就是特隆事业方兴未艾的证实吗？人所策划的特隆，命中注定要由人来解析。

再回到前面提到的那句百科全书上记载的话："镜子和交媾都是污秽的，因为它们使人口增殖。"(9)这句晦涩的话里包含了深刻的幽默，它生动地暗示了特隆诞生时的氛围。饱满的生命面对镜子进行自力更生的分裂，精神从肉体内喷薄而出；分离出来的精神又通过增殖慢慢发展成庞大的体系，并通过秘密管道同肉体保持联系。过程肯定是污秽的，因为步步与生命的血污相连。人在污秽中体验着生殖的疼痛和大欢喜——他诞生的是纯净。自从这世上有了镜子，自从人不自觉地在镜子面前端详自己，镜子也监视着人的一举一动以来，一种新的、从未有过的百科全书的编纂就变得十分必要了。这个伟大的事业在生命的最高级阶段开始，已发展成历史的长河，每一个渺小的个人的价值都将在其间得到永恒的体现。

注：

（1）《博尔赫斯文集·小说卷》，海南国际新闻出版中心 1996 年版，第 71 页。
（2）同上，第 73 页。
（3）同上，第 74 页。
（4）同上，第 74 页。
（5）同上，第 74 页。
（6）同上，第 79 页。
（7）同上，第 82 页。
（8）同上，第 71 页。
（9）同上，第 74 页。

（七）

《圆形废墟》这篇小故事再现了创造的过程。

魔法师从可怕的沼泽地里死里逃生，来到圆形废墟——这个生死之间的舞台。场地上的石虎或石马曾经有着火红色的生命，如今只剩下与灰烬同色的石头形式。在这个圣地，魔法师身上往日的创伤立刻愈合了，他认出此地是火神的废庙，正是他要找的地方。是体内不可战胜的意志使他出生入死的，他来到此地，就是为了要在这里完成伟大的事业——梦见一个人或用梦来造出一个尘世间不曾有过的人。这个魔幻计划必须在这种场所进行。因为这个计划必须排除凡人的干扰，而完全脱离了别人他又不能生存。这个场所的好处就在于本地人给他提供简单的米饭和水果，以满足他做梦的身体的需要，而又绝不打扰他，他们知道他最怕的就是人。这个圆形废墟"是个看得见的、最低限度的小世界"，即，它既不完全属于人，也不完全属于神（"已经受到沼泽丛林的亵渎，所供奉的神祇也不再有人朝拜"[1]）。魔法师选择了这样一个地方来搞艺术创造，或者说，命运将他逼到这样一个场所来搞发明，他的发明将会是一种什么样的发明呢？可以设想，他发明的人将是人性与神性的合一。历经沧桑的魔法师自己又是怎样的人呢？如果说他是一个实实在在的俗人，他又怎么会没有世俗的历史呢？如果说他完全是一个幻影，他又怎能搞创造发明呢？可见他自己同他要发明的那个人具有相同的本质，也许他是要通过发明来使自己的本质得以证实。

他开始做梦了，这是一种特殊的梦，不是胡思乱想，也不是条理清晰的境界。在梦的初期阶段他的想象过于辩证，理性的意图也过于强烈。他从现有的人当中挑选了一个自己的同类来进行加工，虽然这个学生天生活力异常，身上有反骨，但魔法师的企图还是失败了，他没有将自己从黏糊糊的世俗中区分开来，他幻想的学校也未站住脚，他自己又回到了无梦的现实。初级阶段给他的教训是：他必须打破常规的清晰，进入混沌，模造杂乱无章的梦；他也不能从现有的人当中通过加工来制造新人，而必须无中生有，达到真正的创造。

▶ 模造杂乱无章的梦是一个男子汉所能从事的
   最最艰难的工作，即使悟透了超级谜和低级
   谜也一样。因为它远比用沙子搓绳或者用无
   形的风铸钱困难。[2]

　　要进行这项艰苦的工作，人就要排除一切来自世俗的侵入，理性的束缚，使自己变得脑海空空，具有神性，然后才能发明出人神合一的创造物。这样的创造之梦可以称为理性控制之下的狂想，它不能有梦前的预想，它要求的是绝对的虔诚和耐心：

▶ 在这段时间内他很少做梦，也不急于在梦中
   停留。为了使工作得以重新开始，他等待着
   满月的到来。到来之后，他利用下午的时间
   去河里沐浴净身，还礼拜了天上的神灵，念
   过了一个强大无比的名字的标准音节，然后
   睡觉。他几乎立刻做起梦来，伴随而至的是
   一颗心脏的跳动。[3]

　　成功终于初现了。为了保持创造时的新鲜感觉，他还有意停了一

夜梦，然后再继续。他不断用神秘的方式朝一个方向做梦，最后才完成了人的肉体的塑造。但工作还没完，因为魔法师还没有梦见火，所以小伙子还没有获得生命。烧毁一切的火并非世俗理解的那种零或无，它包含了生，它同时是"一头公牛，一朵玫瑰，一场暴风雨"，它又是老虎与马匹的强有力的结合，这个多面神是一切。现在它固定在废墟上的石雕像里头，等待魔法师用热烈的吻来惊醒它。火曾经一次又一次在类似的情形下被人认识，人要进行创造，就得认识火（死或生），如今魔法师也走到了这一步。于是雕像颤动起来，魔法师受到启示，他所创造的那个小伙子获得了生命。火给予魔法师的启示就是生的意义。

创造初步完成之后，魔法师就开始往小伙子身上注入灵性，他要让他也明白生的奥秘和死的神圣，他要让他感到宇宙的声音和形态。魔法师传授知识的过程充满了痛苦和疑虑：他不愿同小伙子分离，他所做的一切又都是为了同他分离；他知道小伙子是一个影，他又不断地验证这个影的存在；他赋予小伙子对死的认识的特权，又生怕他因获得这一认识而痛苦不堪。在犹豫不决中，真理的重复和循环的特性又使他怀疑自己的创造。然而事业终于在担忧中完成了，小伙子成了新的魔法师，他能够在火上行走而烧不着自己，他去到了另一庙宇开始自己的创造。完成了事业的魔法师并未摆脱疑虑的折磨，那是他自身的幻影本质使然，也是他的孩子的同样的本质使然。他和他的孩子都同样拥有在火中行走的特权，那意味着拥有永远受折磨的特权，因为只有幻影才不会被火烧掉，而作为幻影的人将永远为自身的虚幻痛苦。

生命终有结束的一天，人在那一天终将在自己的本质里团圆，虚幻感的折磨也将在那一天结束。

▶ **在这万鸟绝迹的清晨，魔法师看到向心的大**

火正在朝断垣蔓延。有那么一会儿，他想逃到水里躲避，但后来明白，死亡是来给他结束晚年、解脱劳作的。他向一片片火焰走去。火焰并没有吞食他的皮肉，而是抚爱地围住了他，既不灼，也不热。他宽慰，他屈辱，他惶恐，他明白，他自己也是一个影，一个别人梦中的产物。[4]

火神的废庙又一次被大火焚毁。有无数名杰出的魔法师，曾在这圆形废墟上进行过真正的创造，他们的创造物已作为他们的替身进入了历史，而历史本身也正是属于这些痴心妄想者的。

注：

（1）《博尔赫斯文集·小说卷》，海南国际新闻出版中心 1996 年版，第 99 页。
（2）同上，第 101 页。
（3）同上，第 101—102 页。
（4）同上，第 104 页。

（八）

　　走进博尔赫斯的《巴别图书馆》就是走进心灵的世界。在这个幽冥的世界里，人站着睡觉，因为警戒和焦虑而永远得不到休息，一面镜子则以有限的形式忠实地重复着整个世界的无限性。作为真理探索者的图书馆员，在寻求规律的过程中，建立起了同图书馆本身相符合的认识论（那是怎样一个不堪回首的过程啊，要继续探索下去又是何等的更加阴沉可怕啊），这种认识论正是针对着人的本质来的。比如说，人只有奋起创造（做梦），才能达到无限（在梦中一切光亮的表面都能反照）；人的坟墓是无底的空气，尸体在无休止的坠落中融化；图书馆的空间以天衣无缝的秩序排列着，没有穷尽，却有轮回。尽管人已经掌握了认识心灵的方式方法，但人仍然要为无法把握心灵的变化而痛苦和绝望；图书馆里的书本以自身的无限性永远抵制着人的有限的操作，所有的书都是神秘的，是被动的阅读所无法进入的，它们就像施了魔法似的冷冷地拒绝着人的理解。人和书之间的这种矛盾来自于认识论本身的矛盾，即，人无论如何样努力也只能获得有限的知识。于是想要跨越鸿沟弄懂那些书，人必须借助梦（写作）。那么人究竟应当如何从整体上看待巴别图书馆呢？为了解决这个问题，"我"叙述了这个令我无限苦闷的故事。

　　首先，图书馆以其永恒性和完美性使得人只能将它看作神的产物，它同现实中的人之间的距离不可消除，它以它无可比拟的准确与精致，嘲笑着探索者的拙劣的努力。其次，图书馆这个自满自足的宇宙的规律是无懈可击的，但要用规律去弄懂一本书的含义却难上加难，这不但需要执着，还需要天才。人花费了终生的精力弄清了一本书的含义后却又发现，他的认识一文不值。所以即使是天才和超人的耐力（花费一千年时间）对此现状也无能为力。在这浩瀚的书的海洋里，世界以它的坚不可摧动摇着人对自身存在的信心。当人确立了图书馆收藏了世界上的全部书籍（认识的无限性）时，人会感到无限的幸福，从而进一步产生对那些为自身存在辩护的书籍的渴求（赎罪的希望），可惜这种渴求只给他们带来悲剧的后果，真正的辩护永远达不到。于是人又求助于历史，他们要通过弄清图书馆的来历来弄清自己，这种努力又在虚无中碰壁了——馆内的很多楼梯没有梯级。垂头丧气的探索者又想运用人的盲目冲力来重构经典书籍，模仿图书馆神圣的混乱。书籍的无法企及当然又挫败了人的幻想。不死心的探索者还想用否定现有书籍的意义，来征服图书馆的六面体，图书馆则以它的无限性和不可重复性嘲笑着人的渺小的努力。还有的探索者则把希望寄托在人身上，他希望有这样一个不死的人，能通过几千年不懈的查找，找到那本唯一的、万能的书，使他的信念得到维持。这种人当然只不过是个迷信者。更有一些渎神者从书籍给人的表面印象出发，认为图书馆根本就无规律可循，书籍全是胡言乱语，只要把胡言乱语看作正常就可以了。"我"驳斥了这种言论，用实际例子证明了规律的存在，但我也陷入深深的困惑，因为规律不能对我的探索起指导作用。这些都是人在昏暗的心灵世界里探索的凄凉画面。

人为了解决自己面临的巨大困难，唯一的办法是"有条不紊地写作"，在写作中超脱。于是人写下的东西取消了人的世俗存在，让人变成了可以同无限结合的幽灵。肉体正在自行消失，心灵的产物——图书馆却永存下去："光亮、孤单、无限、一动不动、装满着宝贵的书籍，既无用，也不朽，保守着秘密。"[1] 此处作者道出了生存的机密：用写作实践来体验无限，倡导精神，使人虚无化，不断化解无限的宇宙（死的感觉之异化）对人的压力。

作者在故事的末尾提出解决矛盾的办法并未解决矛盾——这样的矛盾怎能解决？不如说他提出的只是一种信念，这个信念为自己的继续探索提供了勇气，探索本身又会不断地巩固这个信念。每一次的超越，都验证着这个世界是可以认识的。因此作者不无幽默地总结说："我的寂寞，由于有了这样美好的希望，竟然变成了快乐。"[2]

图书馆的宇宙里有无数的不解之谜，人类每一次向前突进的探索，都会引起更多的谜扑面而来，认识的可能性无穷无尽。但是毕竟，人已经发现了规律，规律对人没有用，但规律将杂乱无章的堆积变成了美的排列，将轮回变成了次序。永不休息的图书馆员将通过创造性的写作进入这个心灵宇宙中去探索，去发现。而最初，又是他的神奇的写作创造了宇宙，创造了规律。虽然他不能马上理解自己的创造物，图书馆的美与不朽却已于不知不觉中将他提升。

对于他，巨大的幸福和绝望总是同时到来。因此可以说，他的郁闷的故事光芒四射。

注：

（1）《博尔赫斯文集·小说卷》，海南国际新闻出版中心 1996 年版，第 127 页。
（2）同上。

（九）

《曲径分岔的花园》是以第一人称叙述的关于迷宫的故事。

"我"——破译谜中之谜的艺术家，阿伯特的延续。

阿伯特——已实现的"我"，我的一部分。

敌国——死神。

上司——命运。

崔朋——先辈艺术家，历史。

"我"怎样进入迷宫中心

故事一开头我的处境是这样的：我是一名间谍，受到上司和敌国的双重压力（人的地位的确类似于间谍，人要在这肮脏的世界苟活，就只能不断地出卖理想）。但我不是为当间谍而当间谍，我是被迫的，我心里还有个吓人的想法——要在间谍工作中体验终极之谜。我的机运终于来了，我受到死神（理查·马登上尉）的追击，种种迹象都向我表明：这一次，我必死无疑。在这样的绝望处境中我突然发生了变化。我，这个在对称风格的中国花园里长大的孩子，现在已不再怕死，反而开始渴望绞刑架的体验了，这种渴望里头还包含了另外一种渴望，这就是要把我掌握的秘密（生之秘密）向我的上司（那位远方的、以可憎面貌出现的命运先生）宣告，这也许会是一次极其壮烈的宣告，一次皈依似的挑战。就这样，我出于自由的意志踏上了通往迷宫的旅途。当时我深思熟虑地高声地说出了我的英明决定：我要逃走。我当然不是消极地逃，而是为了实现那个伟大的计划，即在剩下的最后一点时间里进入迷宫的中心，破译谜中之谜。

我是个胆小的人（没人不怕死），可是我在苟活中所受的屈辱，眼前计划的英雄主义成分，还有时间的紧迫这些因素加在一起，使我克服了害怕，按周密的计划登上火车，又一次逃脱了死神的追捕。我要去找我的替身，在真正的死亡到来之前进行最后一次演习，向我的命运表明：我绝不是个被动等死的家伙。我在逃离马登上尉的那一刻心中充满了卑劣的幸福感。我一贯是个卑劣的人，但重要的是我赢了，即使这胜利只是短暂的，它也预示着全面的胜利——我将抵抗到最后一刻。另外我的卑鄙也说明了我这个人有活的技巧，前程远大。死神的面貌在历史长河中变得越来越狰狞，人的演习也越来越采取凶残的形式，但人只要敢于确定必死的前提，就可以将迷宫的游戏玩下去。在旅途中，我的眼睛渐渐变成了死人的眼睛，我就用这双眼睛录下了那一天，也许是最后一天的流动，以及那个夜晚的降临。

我就要走进我这一生中的迷宫的中心了，黑暗中有孩子告诉我，只要抱着信念，就会到达远方的目标。我在那条冷清的小路上步行，又开始了关于迷宫的思索。我的曾外公是中国云南的总督，他也是一名真正的艺术家，他一度辞去官职去写书，并说他要造一座迷宫，让大家在里头迷路。后来的人发现谁也找不到那座迷宫，他写的小说也没人能懂，而他本人，似乎被陌生人杀害了。我行走在我自己的迷宫里，想要破译曾外公的谜。曾外公的迷宫是消失了的迷宫，我要在想象中让它重现：

▶ 我想象它完好无损，坐落在一座秘密山顶
　上；我想象它消失在稻田里，或者淹没在水

下；我想象它有无限大，已经不是由八角亭和条条曲径构成，而是由河流、省份、王国……我想到一座迷宫中的迷宫，想到一座不断扩展、弯弯曲曲、可以包括过去和未来、以某种方式包括天体的迷宫。[1]

想着这一些，世界于不知不觉中变成了我、我的抽象感知。我明白了，人无法最终战胜死神，但人可以在一段一段的时间里不停地搞演习，那种打胜仗的演习，以期体验无数的死或无数的生。我也明白了人为什么看不见迷宫，因为迷宫是透明的理念，它是人为了与死对抗而造出来的美丽对称的建筑，它没有出口，人只有消灭了自己的肉体才能打开一个出口。

迷宫中心的风景

黑夜、树林、楼阁、中国音乐、灯笼，这就是迷宫中心的所在。接待我的主人阿伯特显然生活在他自己的迷宫里，他是这个迷宫的主人。就像我要将他作为替身一样，他也同样要借我的手来找到他自己迷宫的出口，我和他都是知情者。所以当他说出"曲径分岔的花园"这几个字时，我马上记起了我的历史。我就是在曾外公那对称的花园里长大的，现在阿伯特将那花园搬到了这里，而阿伯特和我，都同曾外公崔朋有血缘关系。阿伯特给我的感觉是神甫同海员两种气质的混合，这样的人往往会去造迷宫。我在心里计算马登上尉一小时之内还赶不到此地，便镇定地坐下来听阿伯特讲曾外公的事业。我的曾外公崔朋是一个热爱生命的人，他既是总督，又是著名的诗人和书法家。但是有那么一天，他突然预感到自己会死，这感觉越来越强烈，于是他在焦虑中思索起关于死亡的问题来。造迷宫的想法就是在这种情绪中产生的。曾外公妄想穷尽每一种可能的死亡体验。迷宫造起来之后他才发现，体验本身便是无限时间的无限分岔，时间是不可穷尽的，因此迷宫也必须是无限的。这令人绝望的真实使得崔朋写下了那本充满矛盾的、混乱的小说。在书中的第三章里，一位英雄死了，到了第四章，他又还活着。阿伯特由此得到启发：小说本身就是迷宫。这位前辈艺术家还在信中留下这样一句话："我把我的曲径分岔的花园留给多种（而不是全部）未来。"（2）这句话强调的是时间的无限，而强调时间的无限就是强调幻想高于一切，幻想本身有能力构成无限的迷宫。就这样，曾外公崔朋在写作的过程中发现了通向无限和永恒的途径。他那本想象中的书永远写不完，他在书中创造了多种未来、多种时间，那些时间又扩散、分岔，每一种结局都发生了，所有可选择的全部选择了，层次无限丰富，交叉点令人眼花缭乱，一种比喻里暗含了数不清的另外的比喻，一种原因导出数不清的结果，那些结果又成为另外的无数事物的原因……

阿伯特的讲述让我的想象一下子连贯起来了：我的迷宫和阿伯特的迷宫、曾外公的迷宫，以及曾外公的那本幻想中的书原来是一个东西，或者说时间的分岔让我们三个艺术工作者在这一点上交叉，于是消失的迷宫在此地复原了。迷宫的本质也许就在于那连环套似的幻想，谁具有这样的能力，谁就可以进来，这是人面对死神所进行的幻想营造，也是用谜来解谜的永久的游戏。这种营造或游戏中，一个人通过时间的秘密渠道同另一个人相通，今人通过时间的交叉站在古人的肩膀上，所有的梦都导向一个梦，一个梦又分解成无数个梦。这一切的根本动力是什么呢？谁能具有这种力呢？绝望中的冒险冲动，狗急跳墙，这就是答案。

"英雄们就是这样作战的，心儿令人赞美地镇定，刀光凶猛，心甘情愿地去战死。"（3）阿伯特的讲述在我身上引起的共鸣表现为一种最深处的、本源的骚动，我更加坚定了"死"的决心，为终生的理想，也为最后的忠诚。

我只能用我的迷宫来使前辈的迷宫复活，也只能用我的迷宫来完成阿伯特的迷宫。但从此处也可以看出，迷宫并没有限制，它向每个人敞开，问题只在于是否有拼死闯入的力。阿伯特的讲述复活了曾外公的花园，我的体验又复活了他们两人的花园，我把我的多种时间的花园传达给有同样血缘的人，那人的体验又将复活我的花园，如此下去，无休无止，那将是怎样的景象啊！所以——

▶ 围着这座住房的潮湿的花园里挤满了不计其
数的、看不见的人群。在另外的时间领域
里，这些人就是我和阿伯特，一副秘密、忙
碌、多形的样子。[4]

但生命的图像只限于幻想，幻想一停下，人就会看见死神马登上尉。这个时候，他是出现在迷幻花园里的唯一的人，像塑像一样强壮，永远不可战胜。我内心深处的骚动更明确了，因为"未来"已经可以看得见了，那个人正朝我们走来——我和阿伯特共同的未来。我朝阿伯特举起了枪，惊心动魄的死亡体验又一次产生。我和我的朋友阿伯特共同捍卫了理想，现在生命对于我已不再有意义，因为一切该做的都做了，迷宫的出口就在前方，接下去只要迈动脚步就可以了。那远方的上司该作何感想？总是慢了一拍的马登上尉又该作何感想？然而我还是悔恨和厌倦，不是为迷宫的理想，而是为我那屈辱卑劣的生活，为自己总是面临你死我活的无奈的命运。我，一个可耻的间谍，一个靠吃死人肉为生的家伙，却在心里珍藏着建造通天塔的宏伟计划，这不是太不相称了吗？我怎能不悔恨呢？

人为什么要建造迷宫

现在这个问题可以回答了。人之所以要建造迷宫，是因为死神在屁股后头的追击使他逐渐明白了难逃法网，到后来人便于绝望中产生了用死亡来做游戏，以丰富那漫漫的黑夜的时光的办法。真正的死神越迫近，游戏就越精彩。人以他的大无畏的精神，也用他的身体，壮烈地展现了生之奥秘。

注：

（1）《博尔赫斯文集·小说卷》，海南国际新闻出版中心 1996 年版，第 132–133 页。
（2）同上，第 136 页。
（3）同上，第 137 页。
（4）同上，第 139 页。

（十）

　　《奇才福内斯》里面所描述的幻想世界是人类自远古以来就聚集、发展起来的那种深层记忆，这是艺术的永远的源泉。这种记忆在遇到特殊环境下的天才人物时往往会爆发出来，构成一个奇妙无比的独立王国，同尘世对峙。朴素而执着的乡下人福内斯就是这样一位天才。

　　福内斯究竟是谁呢？他的脸是模糊的，他的个人历史是扑朔迷离的，作者虽赋予他亲切的乡土气息，但他的所作所为又一点都不像这个世界中的人。这就是他。他默默地拿着一株暗色的西番莲，注视着它，目光从不偏移；他在暴风雨中、在乡村的小道上独自奔跑，每时每刻都在心中体验永恒的时间；他从马背上掉下来，摔成了瘫痪，躺在床上成天盯着窗外的无花果树或墙上的蛛网。是啊，他不属于我们的世界，但他恐怕是第一个"人"，他在与世俗彻底断绝了关系之后，开始了另一种真正具有创造性的生活。

　　福内斯的彻底觉醒是他从马背上摔下来之后开始的，肉体的功能一废除，精神便得到了解放。当他作为一个瘫痪病人被囚禁在床上之后，世界的本质就在他眼前显现出来了。那是怎样一个纤毫毕露的陌生世界啊，在那里面，有魔力的记忆是唯一的，是一切，人只要停留在那里面，就能够"记起"所有他想知道的事。

▶ 我一个人的回忆比自从世界成其为世界以来
　所有的人的回忆都要多。[1]

依仗着意外获得的神奇记忆力，福内斯轻易地超越了语言对人的幻想的限制。他孤独地坐在暗室里，于一瞬间不费吹灰之力就学会了好几种语言。对于常人是不可思议的事对福内斯来说是理所当然的。他在记忆之河的深处漫游，那里是一切语言的发源地，无穷的、丰富的想象就是从那里出来，变成僵死的语言固定下来的。而福内斯的工作，则是将语言还原到它们本来的样子，为了做到这一点，他不得不使用"最纯净"的语言（包括数字）来篡改现有的语言，以表达不可表达的记忆。在这样做时，生命呈现出五彩缤纷的状态，抽象的概念被切成无数活生生的片断，世界中的每一事物都被重新命名，而他，这个头脑异常发达的奇才，只需坐在黑暗中静静地感觉。在他那清晰的思维里，他记起了每座山上每株树的每片叶子，看到了事物腐烂的具体过程、疲劳的缓慢进程，甚至还发现了由生到死的渐变过程，见到了湿度的逐渐变化。这是一个无法再精确的世界，虽然它一闪即逝，不能用语言固定下来。福内斯的幸福就在于停留在这个世界里。他要皈依人类最原始的记忆——那条伟大的河。他愿意总这样沉在河底，一边浏览那些不曾被污染的事物一边被激流冲刷，吞没。当他在南美一个贫穷的城郊小屋里享受这种无穷的乐趣时，没有人比他更能体会世俗对于人的压力。人是多么的愚蠢啊，他们眼不明、耳不聪、头脑不灵，他们最可怕的地方在于不断忘记，把一切都忘光了，只会像木偶一样说着僵死的语言。福内斯为了抵制腐朽的文明，长久以来拒绝像世人那样思考，所以用世人的眼光来看，他那繁杂的记忆库里似乎只有一连串的单个事物的罗列，没有抽象，没有归纳。

福内斯坐在他那幽静的院子里的黑屋内，带领世俗中的"我"到他那神奇的王国里漫游了一夜。他的话使"我"明白了：他虽被囚禁在床上，却是真正的自由人，一个眷恋着尘世不肯离去的圣徒。因为他那具有穿透力的目光早就看出了，希望正好在，也只能在人自己身上。他必须同人隔开，又必须留在人间；他终生关注着时间，却知道时间是属于人的，否则的话，他又何以能够想起比如说像"路易斯·梅里安·拉斐努尔、奥利马尔、硫磺、鞍垫……"这些词来呢？就是他所进入的深层记忆，也经历着真正的历史发展啊。作为人类最优秀分子的福内斯，也许是上天赋予他白日做梦的使命，受难的使命，不然他也不可能从马背上摔下来，抓住这世上独一无二的幸福了。将事物一个一个地重新命名，较之从前充当人们的计时器的生活，又有了质的飞跃。尽管说出的名字一闪即逝，但"说"本身给他这个穷汉所带来的上帝似的感觉，又岂是俗人可以体会得到的？福内斯的本领也不需要验证，他那固执的存在曾使我们大家无比的惶惑、内疚，他那张模糊的脸曾使我们震惊，这就够了。在我们大家的记忆中，他同时在彼岸又在此岸。现在我们可以猜出他的历史了，他属于那个比埃及还要古老的家族，那个在地球上永远繁衍着的家族。

注：

（1）《博尔赫斯文集·小说卷》，海南国际新闻出版中心 1996 年版，第 149 页。

（十一）

讲述人的生存处境的最典型的故事是这篇《剑疤》。

主人公是一位极其敏感，具有诗人气质，内心孤独的人。这样的人脸上带着耻辱的标记是顺理成章的。不可理解的是这个离群索居的人偏偏有讲述的嗜好，而讲述的事情偏偏又是那不堪回首的过去——他怎样得到脸上的那块疤。就像变态者似的，他将最羞于启口的事当作故事来讲给人们听。

同许多热血青年一样，年轻气盛的他是狂热的理想主义者，信仰一个既痛苦又甜蜜的神话，那里面有圆形的塔楼和红色的沼泽地，还有歌颂盗牛英雄的长篇史诗。他过分地高估自身的力量，认为自己可以战胜一切。一次突发的事件很快就使他认识了人在宇宙中的位置。因为他在事件中接近了死神，被吓呆了的他的世界观立刻发生了根本的转变，他通过自己那深入骨髓的恐惧洞悉了生与死、理想与现实之间的真实关系，这种关系震撼了他。他第一次明白了强大的死神是最后的赢家，人要追求理想，其代价必然是出卖理想来求得生存，没有第二条路可走。所谓内心的清洁不过是幼稚的浪漫主义，人的最大的承担便是对自身的卑劣的承担，每一次的出卖及对出卖的认识，都会使肩上的担子更加沉重。经历了死亡洗礼的主人公顺从自身的本能继续犯罪，心中的理想离他越来越远，仅仅只体现在他的承担上头。他实在是由于怕死才犯罪，因为他只要活，就不得不犯罪，于是他只好过着以出卖换取生活的生活，又由于这出卖，被在脸上画上了永不消失的耻辱的印记。那印记虽然在日后结了疤，主人公却丝毫不打算忘记，一有机会，他就要向人讲述他那惨痛的经历，讲述自己可耻的恶行，也就是揭开疤壳，让人看那可怕的伤口。他似乎就为着这个而活在世上，他似乎一点也不甘心……他的形象冷峻、严厉，甚至有点凶狠……

他到底为什么要讲述？很明显，是由于内心那永不泯灭的理想光芒在促使他将人的真实处境一遍又一遍地告诉给人们，为的是将人从自欺的好梦中惊醒，像他那样毫不留情地看待自身，那样浑身颤抖地忏悔，而他，也只有在这种不断的忏悔中沐浴到理想的光芒。所以他的离群索居并不是真的离群索居，只不过是种权宜之计，是为了专心地忏悔。他并没有变为冷血者，在内心深处，他仍然像年轻时那样狂热地爱着他所追求的东西，这种爱就由他的讲述体现出来。他的性格越来越严厉，只因为每时每刻都在磨砺自己的灵魂。

（十二）

《结局》是一首美丽的短诗，读者可以闻到诗的氛围里那浓郁的芬芳。

命运使杂货铺老板雷卡巴伦瘫痪在床，连话也不能说了，但命运却又遵循对称的原理给了他一种意想不到的馈赠，这就是造迷宫的本领。于是雷卡巴伦在严峻的处境下"像动物一样只顾目前"，沉浸在自己的幻境之中。迷宫弥漫着永恒之美，也暗藏着逐渐逼近的杀机。躺在床上的雷卡巴伦又开始了释梦的游戏。进入他的世界后我们才知道，雷卡巴伦躯体的瘫痪对于他是一件何等的好事，这样他才可以专心致志地进入迷宫的核心。

迷宫里有两个对抗者（这是迷宫的一般模式）。黑人一直在等，等那命中注定的死神到来，他用吉他弹着无休无止的音符，等了七年。生与死的搏斗开始了。勇猛的黑人如同自己要求对方的那样"拿出所有的勇气和奸计"，杀死了对方。而房子里面的雷卡巴伦，在这之前就看到了结局。这个迷宫的格局十分单纯，令人久久沉醉的是它的氛围，那种异质的、一见之下终生难忘的画面，如泣如诉的音乐。

雷卡巴伦用左手抚弄铃铛，仿佛在施魔法，有与无之间的奇境立刻出现了：

▶ 夕阳下面的平原有点虚幻，像是梦中所见。

地平线上有个黑点起伏搏动，越来越大，原

来是个骑手……[1]

在结局到来之前的风景深奥无比：

▶ 傍晚有一个时刻，平原仿佛有话要说；它从
  没有说过，或许地老天荒一直在诉说而我们
  听不懂，或许我们听懂了，不过像音乐一样
  无法解释……[2]

没有任何语言可以解释那种风景，但人分明感到了它那强烈的暗示。躺在床上的雷卡巴伦当然听懂了平原的诉说，因为他提前看到了结局。

勇敢而忧郁的黑人，雷卡巴伦内面的精灵，又一次战胜了死神。经历了死亡的人在世俗中便再也没有立足之地了，现在他只能永久地漂流，正如雷卡巴伦在故事开端时的情景："雷卡巴伦躺在小床上半睁眼睛，看到倾斜的芦苇编的天花板。另一间屋子里传来吉他的弹拨声，仿佛是拙劣透顶的迷宫，音符无休无止地纠缠在一起然后又解开……"[3]

他必须坚强地忍受严峻和孤寂的现实，当然他也会得到瞬间幸福的回报。

注：

（1）《博尔赫斯文集·小说卷》，海南国际新闻出版中心 1996 年版，第 191 页。
（2）同上，第 193 页。
（3）同上，第 191 页。

（十三）

　　《叛徒与英雄的故事》描述的是灵魂内部的一场审判。被尖锐的矛盾折磨得痛苦已极的人，只能通过艺术的表演来解脱自己。这种表演需要全身心的投入，基尔帕特利克似的罪孽感，以及自己给自己判死刑的气魄。整个策划是神秘的，笼罩着阴云般的历史感和迷宫的可怕氛围。幕后的导演者调动了内部的所有因素，趋于白热化的对峙促使真理逐渐显露。而人，在这一场阴谋中看到了苟活的卑劣，懂得了唯一的活的方式也就是对这种卑劣的连续的、无情的审判。随后的不露痕迹的阴险谋杀更显出人的不变的决心。就是这种自戕，让卑鄙的主人公达到了民族英雄的精神境界，因为他战胜了自己的卑劣，使英雄主义的传统在他身上再现。故事中难以理解的是导演者诺兰。诺兰类似于人的最高理性；他以他的慧眼看出了基尔帕特利克内在冲突的激化，于是巧妙地将他引上了求得解放的那条唯一的路——身体力行地表演。深通艺术精髓的诺兰，促使基尔帕特利克投身于那种既古老又现代，充满了血腥氛围的剧情，为的是让基尔帕特利克体内的原始力量得到最充分的发挥，让历史冷酷的重演来涤荡他那无可救药的灵魂。血管里沸腾着爱尔兰热血的基尔帕特利克，用他赴死的决心救赎了自己的灵魂；审判在暗中完成。当读者最后看出叛徒与英雄原来是一个人时，人的完整的灵魂也就渐渐地显露了出来。寓言的光芒也许很刺眼，但人终究明白了，人性中的对立面就如同阴与阳、天和地、正面与反面一样不可分，又因为不可分，殊死的斗争才会永不停息，人性由此才不断发展。结局似乎是死，留给读者的深思则是基尔帕特利克英雄主义的实质，也就是艺术精神的实质。

（十四）

艺术——表演的宗教

秘密——精神的境界

《凤凰教派》是对艺术境界的形象说明。

艺术是一种特殊的宗教，它可以同每个人相通，不分种族、国籍、阶层、性别等等；它那容得下千山万水的广阔胸怀紧紧地拥抱着世俗，世俗生活就是它存在的基础；所以它的教徒都是普通人，遍布全世界。这种奇怪的宗教没有圣书，也没有某种公式化的共同记忆，只有一样东西——连接教徒们的那种说不出口的秘密。于是事情变得神秘了。然而人还是可以从这种暧昧模糊中看到上帝的意志：上帝答应凤凰教永存不衰，但要求他们一代接一代地表演一种仪式，这个仪式就是凤凰教的秘密。这样，表演就成为凤凰教生死攸关的大事了。这种仪式与众不同，由于不能言传，母亲不能将秘密传给孩子，神甫在此也不起作用。神秘的传教士由社会底层的麻风病人、奴隶和乞丐所组成，因为他们传播的是一种将天堂与地狱进行交媾的秘密。表演仪式的过程似乎极为不可理解：在废墟、地下室和屋顶阳台，仪式在偷偷摸摸的秘密氛围中进行；所用的材料是最普通的树皮、蜡或阿拉伯橡皮，还常用到烂泥；关于秘密，信徒们守口如瓶；观看者如在言谈中接近了他们心中的秘密，那么不论他说什么都会引起他们的反应，因为那秘密是一切，同时又什么都不是，所以用来说它的语言也具有了奇怪的功能；"大海""晚霞"这样的词会被经常说到，用来表达不可言传的意境。既然举行这样的仪式成了生死攸关的事，每个教徒就要尽全力来进行这种仪式的表演，不能因恐惧而中止。因为如果不表演，教派就会自行消失，秘密也不复存在；而他们也会受到别人的轻视，并且自己会更轻视自己。他们只能表演仪式，通过这种拒绝习俗的仪式来与上帝直接打交道，将树皮、烂泥与上帝结合，将上帝彻底人格化。这样一种从人性根本出发来表演人性的宗教是永远不会衰亡的，因为作为它的教义的秘密就是出自人的本能，这种秘密又是可以沟通的，即使沟通的方式有些神秘。

（十五）

　　《死亡与罗盘》这篇故事里有两个主人公。一个是始终在场的伦罗特，他是一名高明的纯推理家，他的推理排除世俗，天马行空，属于信仰或宗教的范围，这样的推理往往不为凡人所理解，比如警察局长就是一例。伦罗特的推理还有个特点，就是把自己投入进去充当一个角色，直到最后为信仰献身。另一位主人公是直到最后才出场的夏拉赫，为伦罗特的推理设置迷宫的人。他是一位能将世俗的情感在宗教意义上付诸实施的魔术大师，他有点像伦罗特的老师，循循善诱地启发着伦罗特，让他一步步登上最高境界。对于夏拉赫，造迷宫的初衷是刻骨的爱和恨，复仇的冲动，但这种复仇却转化成了艺术的复仇，他不是要杀死对手，而是要让他的对手领会"死"的真谛。对于伦罗特，他的初衷则是要弄清自身在原罪重压之下的精神出路，他以破案者敏锐的直觉遵循夏拉赫为他安排的路线，到达了迷宫的中心，终于明白以身试法是唯一的推理结果。这两个人合在一起就是灵魂的两个层次，伦罗特属于直觉，夏拉赫属于理性，但直觉又包含了理性，理性又来源于直觉，呈现巧夺天工的对称之美。这两个人相互补充，将神秘的生存之谜共同揭开。

　　故事开头介绍了伦罗特。伦罗特既是纯推理家，也是冒险家，甚至是赌徒（同艺术家一样，他赌的是自己的生命，因为夏拉赫"非要伦罗特的命不可"）。伦罗特具有预见的天才，一开始他就推测到了一系列罪恶的隐秘性质和夏拉赫的插手，也就是说，伦罗特身上的原罪感让他隐约感到了最后的结局。他没能防止罪行，因为罪行是人的命运的安排，然而他那不可改变的赌徒气质使他铁了心要同命运赌一盘。他的赌博方式就是思索和推理的介入，是对自身的层层解剖。

一位犹太教博士被杀了，警察局长关心的是在世俗中找出凶手，伦罗特关心的则是灵魂的问题。他对警察局长说：

▶ "现实可以不承担有趣的义务，但不能不让
人做出假设。在你的假设里，偶然的因素太
多了。这里的死者是个犹太教博士；我倾向
于纯粹从犹太教博士的角度来解释……"

伦罗特的意思是，人有幻想假设的权利，那是上帝赋予的最高权力，死亡体现的是神的意志，这种意志是排除世俗解释的。博士的被杀是伦罗特的第一次死亡演习，他就从这里开始深入对神的意志的探讨。凶杀接着进入第二次演习，第三次演习……伦罗特的思索随之越来越紧张。对手很快给他提供了罗盘与指南针，他学会了四个字母的神的名字，对称的原理告诉他，结局已经快来了。伦罗特不可能退缩，他的天性是要赌到底，也就是思索到底的，离了思索他就不再存在。终于，他走进了夏拉赫为他安排的那种境界，在那个古怪的、件件物品都没有意义的别墅里头，"条条道路通罗马"，他体验到了"无"，而衬托"无"的，是无数瞬间的"有"。

▶ 他觉得房子大得无边无际，并且还在扩展。
他想，房子实际上并没有这么大。使它显得
大的是阴影、对称、镜子、漫长的岁月、我
的不熟悉、孤寂。

最后惩罚开始了，伦罗特被捆了起来。他问夏拉赫是否同他一样

是在寻找神的名字；他从夏拉赫的脸上看到了解脱后的复杂表情，那是人的表情，却又混合了神的表情。夏拉赫的回答再现了出自极限处的那种人神合一的境界。他的话暗示，他所寻找的不单纯是神的名字，更主要的还是人的名字。他婉转地告诉伦罗特，神的名字其实就是由那些"更短暂更脆弱的东西"，即由人的世俗的刻骨的爱和恨（对弟弟的爱和对伦罗特的恨）引申出来的。没有对伦罗特的刻骨仇恨，他夏拉赫又怎么会产生在仇人周围筑迷宫的念头？伦罗特让他体验到了那种不堪回首的永生境界，他也要让他得到同样的体验，让他眼看着死亡降临，让他在生死之间作无望的挣扎。夏拉赫的迷宫别出心裁，每一步的惩罚都体现出神的意志，也体现出艺术的普遍性，它暗示，向死亡迈步的人都是要探索神的意志的人，这样的人必须用身体来从事探索的艺术，也就是做牺牲。当然最后它也暗示了，所谓牺牲只不过是演习（即使是最后的演习）。

▶ 伦罗特避开了夏拉赫的目光。他望着模糊的黄、绿、红菱形玻璃窗外的树木和天空。他感到有点冷，还有一种客观的、几乎无名的悲哀。已是夜晚了，灰蒙蒙的花园里升起一声无用的鸟鸣。

这是终于破译终极谜语时的感觉。然而他还在思索（怎能不思索？），他清晰地设想了对称的图案，设想了定期死亡。他执迷不悟，越紧急越陶醉，一个劲地设想下去，又想起了一种新的、最适合他目前处境的迷宫形式，即一条直线的希腊迷宫的形式。这种形式所象征的是死亡加速度地到来，是某种意义上空间越来越小、越来越纯粹的谜。他用这个最单纯的迷宫概括了夏拉赫的迷宫，讲出了自己的最后感受。夏拉赫对他做出允诺，说下次再杀他时，就给他安排那种"只有一条线的、无形的、永不停顿的迷宫"。

伦罗特身上的原罪就是人身上的原罪，人如果具有伦罗特那种赌徒的勇气，就能从自己身上分裂出一个夏拉赫来审判自己。夏拉赫的冷酷则是由原罪中的爱和恨转化而来，那正是永远吸引着伦罗特同他较量的品质。自从这世上有艺术家以来，夏拉赫就在不断变换花样，为人身上的那股冲力找到出路，将他们引向不朽。

（十六）

《秘密奇迹》式的活法，就是艺术家或永生者的活法，或者说是永生的无数版本中的一个。面对不可抵挡、吞噬一切的死神，人掌握着一件秘密武器——虚构时间。从本质上来说，所有写作品与不写作品的艺术家全都是像拉迪克那样活着的。上帝给予了人自欺的天才，让人在自欺的前提下去充分发挥幻想，创造生活。没有什么一成不变的时间，人的时间要靠人自己去奋斗赢得，你的努力的程度有多大，赢得的时间就有多长。这个故事展示出艺术家那紧张、繁忙，甚至疯狂的灵魂，那执着到底、绝不认输的灵魂。在死亡的胁迫之下，拉迪克要从上帝手中争取时间，他生活的每时每刻都处在战争中，他的唯一的秘密武器就是虚构，是返回古老的记忆里获得永生。如果说他一直在写作品的话，那么现在，他的最高的作品，超越语言的、不可能的作品，正在由他的身体来完成。艺术家为什么要选择如此可怕的生活方式呢？答案是，不如此他就不能创作出像《敌人们》这类不朽的作品。这种停留在头脑里的虚构的作品是最后的迷宫，永生的意境，时间的真正本质。它向世界表明，人不能最后完成作品，但人可以幻想到最后一刻，用身体打开这个迷宫的出口；人可以在临刑前面对"敌人们"反复演习，不断杀死自己又不断复活。只有在这种极限的境地，人才真正争取到了属于自己的时间，在成了时间的主人的同时也找到了上帝。

故事一开始就提到了主人公拉迪克在梦中参加一盘长时间的棋赛。"对垒的并不是两个人，而是两个著名的家庭。这盘棋是许多世纪以前下的。"[1] 此处暗示了人生体验的本质就是幻想，是用幻想来同死神下棋。棋局的钟点在梦里逼迫着人，人出于盲目的冲力在下雨的沙漠上奔跑，永恒不变的对垒格局就这样持续下去。接着主人公进入了他的命运：他被判死刑，但不立即执行。这也是所有艺术家的命运。拉迪克在劫难逃，被迫拿起秘密武器来同死神斗争。这一切是自然而然发生的，人害怕到极限时就会去设想种种恐怖的细节，这种设想便是艺术生存的意境，也是人所赢得的时间。顽强的活的冲动将这种想象变得非常逼真，最后导致那种排斥语言的"纯"意境。《敌人们》这部停留在大脑里的作品就是这样创造出来的。《敌人们》是怎样一部作品呢？这是一部单凭古老记忆来完成的作品，它的价值不在于它已经描述了什么，而在于作品中体现的永生的渴望，对独立的幻想世界的推崇。这样的作品不能写在纸上，也不能最后写完，因为它就是作者的生活，一种永生的意志与才能的反复表演。于是在万分紧急的关头，拉迪克开始了三幕剧《敌人们》的创作，这种创作拯救了他，上帝给了他所需要的时间：

▶ 他在黑暗中对上帝说："如果我是以某种方
  式存在着的，如果我不是你的一个多余或
  者错误，那么就作为《敌人们》的作者而
  存在吧。他既可以是我的证明，也可以是
  你的证明。"[2]

用这些时间，他在梦中听到了上帝的声音，他的身体变得异常灵敏，甚至可以用手指摸出地图上的字母。他的心因为同上帝靠近而踏实了。拉迪克醒来之后就看见了迷宫的出口，他并非不害怕，他的时间更紧迫了，行刑队已经组成。他必须马上完成剧本，这是在上帝允许他的时间里唯一可做的事，也是同行刑队对抗的唯一手段。他站在那堵墙的前面，脑子里诗意盎然，他的记忆一下子就穿透了时空，超越了语言。"他细致、静止、秘密地在这段时间里构筑他那巨大的、看不见的迷宫。"(3) 是的，他达到了永生。现在只差最后一个性质形容词了，枪声响起，不朽的人生剧落幕了。拉迪克在临刑前获得了上帝意外的馈赠，世界上没有比他更为幸福的人了。

拉迪克的创作天才和通常的技巧无关，一开始就同死神下棋的一流棋手必定掌握着那种秘密武器，那种能从上帝手中得到时间的武器。有了时间，人就可以在瞬间永生，一直永生到最后一刻。所以拉迪克能够在创作上"掩饰缺陷，赢得运气"，能够用象征的形式来拯救自己。

注：

（1）《博尔赫斯文集·小说卷》，海南国际新闻出版中心1996年版，第177页。
（2）同上，第180页。
（3）同上，第182页。

（十七）

　　《南方》这个故事是《永生》的另一种版本。故事中主人公达尔曼的体验就是永生的体验，一种无法承受又不得不承受的体验。体验比起死本身来，实在是要可怕一万倍，又因为人只有活着才会有这种不堪回首的体验，活就成了一件遭诅咒的事情了。但经历了那一切之后，人们常说的"生不如死"在艺术家的笔下却成了主人公的秘密财富，他就是从那里进入永生的通道，到达纯美的理念之乡的，可以说从此他就将生活变成了美。南方是人的故乡，也是人体验过了死亡之后的最高意境，除了永生，南方的一切现实生活在达尔曼眼里都变成了戏，抽象的理念覆盖一切，变成了永恒的幸福，他生活在思索与抽象之美当中，每一个瞬间都是一次新生，其新奇和感动分外强烈。他第一次感到：人只有在这样的瞬间才是真正活着的。而其实，就连永生本身，不也是一场戏吗？所谓"真的"死亡谁又体验过呢？所以永生是最悲壮的戏。

　　故事的情节很简单。一次小小的事故让达尔曼患上了败血症，他经历了一段生不如死的医院生活，活了下来，然后去故乡休养。故乡美丽的风景恢复了他的生活欲望，但那一切都不是为了让他平静下来，因为他很快又面对着死亡。他没有害怕，因为他已经像永生那样活过一回了，不会有比那更为恐怖的事发生了。他笨拙地拿起匕首，走向生活……《永生》强调的是人对痛苦的承担，《南方》突出的则是人对生活的选择。人已经知道了死的痛苦，也体验了死的痛苦，但人仍然要选择"再死一次"般的生活，而不是一劳永逸的解脱。主人公从阅读《一千零一夜》这部不朽的著作开始，置身于那种不朽的体验，他的情感经历令人想起那个对称的、不朽的《曲径分岔的花园》，痛苦同幸福的程度相等，悲哀绝望与极乐的程度也相等，经历了"生不如死"之后，便领略了"死不如生"。选择生活就是选择一次次的死亡体验，那体验伴随着烦恼、恶心和恐惧，随后也会有缓解、奇妙和狂喜。人不能像那只神秘的猫一样生活在瞬间的永恒之中，但人可以在每一个瞬间领略永恒，这是猫做不到的。

当主人公达尔曼到达故乡南方时，他看见了一位老人，典型的南方高乔人。

▶ 一个非常老的男人背靠柜台蹲在地下，像件东西似的一动不动。悠久的岁月使他抽缩，磨光了棱角，正如流水磨光的石头或者几代人锤炼的谚语。他黧黑、瘦小、干瘪，仿佛超越时间之外，处于永恒。[1]

这是永生人的另一种翻版。老人一看见达尔曼就知道他曾经承担过什么，还将继续承担什么。他在后来鼓励达尔曼重新介入生活，他送给他杀人的匕首，让他在血腥的决斗中去再一次体验永生。达尔曼没有犹豫，原因有三点：1. 这一次是由他自己来选择死（永生）的形式，同上一次的体验将完全不同，因为是有意识的；2. 既然他已经承担过一次不可能承担的痛苦，他就可以承担第二次、第三次；3. 南方的风气决定了达尔曼只能接受挑战，也就是像永生那样活。如果他死了，那对他是解脱，是幸福，是欢乐；如果他不死，他也只能以这种方式继续接受挑战。这就是南方的原则，南方的残酷，也是南方的魅力。那位老高乔人默默地将南方的原则传达给达尔曼，对他充满了期待。

现实生活是恶心的，摆不脱的，可只有现实生活能给人提供永生体验的机会，达尔曼别无选择。他的生活由《一千零一夜》开始，也将像《一千零一夜》那样持续，《一千零一夜》（或他在医院的体验）是他用来对抗现实生活的法宝，现实生活则是他用来实现《一千零一夜》的意境的场地。完全可以设想达尔曼在决斗中受了重伤（以他的技术），又一次进入欲生不可、欲死不能的痛苦之中。这是自觉的痛苦，活的痛苦，真正的南方人所选择的痛苦，因为别无选择而只好选择的痛苦。这种选择达到了美感的极限，是人类的骄傲，是精神不朽的象征。当我们凝视平原上这个人笨拙而坚定的背影时，我们会不由得感叹道：人，究竟是这大地上的一种什么奇迹啊！

走向南方的精神轨迹的描绘是一首优美而悲壮的诗，博尔赫斯那强烈的艺术形式感将铭刻在读者的心上。

注：

（1）《博尔赫斯文集·小说卷》，海南国际新闻出版中心 1996 年版，第 203 页。

（十八）

《永生》所揭示的是人的承担。

同制造迷宫的冲动并列或包含于其内的另一种冲动便是寻求永生。两种冲动是对立的又是同一、同步的。制造迷宫是宣告生的意义，寻求永生则是意义的消解，真正的虚无，纯净，欲望的升华，将死亡作为前提的确证。《永生》这个故事讲述的就是人如何样经历炼狱，到达天堂，又如何样在领受了精神洗礼之后再回到人间的历程。

寻找永生的初衷是"我"为了摆脱世俗的平庸而产生的想法，这一想法由于命运派来的信使而坚定起来。信使是一名垂死的骑手，遍体鳞伤，惨不忍睹，他在临终前向我吐露了永生之河的存在。抱着这样的信念我带领队伍向沙漠进发了。接二连三的打击很快使我陷入了绝境，我丢失了一切，只剩下孤孤单单的一个人在烈日炎炎的沙漠里行走。终于我快死了，临死前我清晰地看到了那座小型的迷宫（永生的象征），迷宫中央是可以让我活命的清水。接下去我却并没有死，只是经受了一次死亡的折磨——那是通往永生的途径。从这时起我不知不觉地进入了永生的领域。

我从梦魇中挣脱出来，看见了不会说话、食蛇为生的穴居人，也看见了河。我贪婪地饮了河中的水，我不知道这是永生之河，却不由自主说出了一句圣人荷马说过的话。我在这个穴居人的蛮荒之地经历了可怕的煎熬，心里产生出对死的渴望，因为死是唯一的对煎熬的解脱。穴居人对我寻死的请求不予理睬，我只好苟活，乞讨或偷窃一份难以下咽的蛇肉。这时我还不知道穴居人就是永生人，也不知道我只要苟活下去就会成为他们中的一员。我终于来到永生之城，那就是迷宫的中心，但我找不到进城的大门。我被迫躲在一个洞里，那洞通向地狱，我当时万万没想到通往永生的门就是这个地狱之门。我在地狱里摸索行走了好久，终于看到了紫色的天堂之光，我爬上了永生城市的最高点，幸福得啜泣起来。当我置身于永生的氛围中时，幸福感马上就消失了，代之以从未有过的恐惧，无法躲避的恶心还有不可理解、近乎内疚的责怪情绪。我用我的眼睛看到了永生的真相。永生是什么？永生是神或疯子的产物，它早于人类，早于地球的形成，奇特的永生宫殿中的一切建筑全都是不可思议、无比荒唐又复杂的，它给人的印象是要消解、破坏人生的全部意义和目的。那些此路不通的走廊，高不可及的窗户，通向斗室或枯井的华丽的门户，梯级和扶手朝下反装的难以置信的楼梯，它们冷冷的表情含着嘲弄，将造访者立足的根基全部抽空。

▶ 尽管坐落在秘密的沙漠之中，它的存在和保
　持会污染过去和未来，在某种意义上还会危
　及别的星球。只要它保存一天，世界上谁都
　不会勇敢幸福。[1]

　　相比之下，我宁愿滞留在地狱也不愿再看见永生的城市。可惜这座城已留在我的心灵中了。难道它不是我穿越沙漠，同命运拼死搏斗之后到达的目的地吗？难道它不是我在濒死之际渴望的水吗？为什么我千方百计要忘掉它呢？就因为它那同迷宫相反的、可怕的清晰吗？也许天堂就是无，也许一切都没有意义，都是徒劳，但因此就可以消沉了吗？在这种情境之下，穴居人以身作则地给我树立了生的榜样。

　　面目丑陋、令人厌恶的穴居人，居住在永生之城周围的墓穴里，人人都沉默地保守着那古老的秘密。起先我误认为他们是真正的野蛮

人，直到一个转机来到，我才知道了穴居人就是永生人，每天饮着永生之河水的人。他们不说话是因为他们悟透了语言的本质，他们与其用语言来亵渎心中的真实，还不如永远沉默。他们在火一般炎热的墓穴里，面对那座由断垣残壁构成的恐怖的城，那非理性的神道的寺庙，苦苦地冥思遥想。那座废墟般的城是他们从前的追求的残骸。好久以前，他们曾造出了真正的城市，但他们的眼睛忍受不了永生城市刺目的光芒，于是他们将它摧毁，又在它的基础上造出了眼前这座荒唐的废墟，以表达他们对永生的理解。这样的城无法住人，也不是为住人而造，他们去到不远的洞穴里，在那里安顿下来，忠诚地守护着城。转机是这样到来的，有一天自然界以它生机勃勃的雨唤醒了跟随过我的那位永生者的古老原始的记忆，他突然也对我说出了荷马的语言。就是在这时，我从这个穴居者身上看到了历史，他什么都记得，只是不愿开口，他身上承担着永生给他造成的全部痛苦，但他还在思索。

　　我完全清楚了，人总有一天要认识死亡，正如荷马总有一天要创作《奥德赛》。人在知道了自己会死，也演习过了死亡之后，仍然要像永生那样活一回，这就是人的永生同生物的永生之区别。穴居人在达到永生的境界之后，内心变得绝对的平静，鸟儿都可以在他们的怀里筑窝。他们只要一小块碎肉和一点水维持生命，思考就是一切，是永生的生活方式。思考让人返回远古，达到未来，什么都记起，什么都忘记，既超越生，也征服死；思考让人变成荷马，随口说出神圣的事。

▶ 在永生者之间，每一个举动（以及每一个思
　想）都是在遥远的过去已经发生过的举动和
　思想的回声，或者是将在未来屡屡重复的举
　动和思想的准确的预兆。经过无数面镜子的

反照，事物的映象不会消失。[2]

尽管经历了这一场精神的洗礼，永生之城仍不是久留之地，我必须回到人间。我饮了那条消除永生的河中的水，遗忘起作用了，幸福来到我的心中。我重新审视自己，确定了我同永生之间的关系：我是众生，我不能永生，但我可以达到永生的境界；我到过永生之城，但那座城在记忆中的形象留不住，留下来的只有语言，荷马的不朽的语言同我自己的语言的混合。这种语言虽然支离破碎，充满了取代，却因为有永生的印痕而分外感人。

我就这样写下了这篇关于永生的故事。

谁写下了这篇故事？一个面部线条模糊的古董商？一位军团的执政官？或一位充满了智慧的老哲人？同他们内心承担的可怕的事物相比，这又有什么要紧呢？

注：

（1）《博尔赫斯文集·小说卷》，海南国际新闻出版中心 1996 年版，第 215 页。
（2）同上，第 220 页。

（十九）

最有生命力的个体往往是被死神的眼睛盯得最紧的人。《釜底游鱼》中的奥塔洛拉就是这样一个人。飞驰在辽阔的原野，过着酷烈生活的他，内心有一个巨大的隐秘，这就是他对上司班德拉的矛盾心情。他的这种态度很像艺术家对待上帝的态度。一方面，他对他无比虔诚，将他看作最高的典范，人的努力可达到的峰巅；而同时，他又心怀鬼胎，因受到屈辱而对他十分不满，总想阴谋反叛，最后取而代之。从班德拉这方面来看，他的心情也是矛盾的。他早就知道奥塔洛拉超出常人的野心，知道他要夺自己的位（也许就为这个他同奥塔洛拉才会相会）。他似乎一直在激励小伙子的这种野心，不断地给他提供反叛的条件，不断地让他看到各种虚假的希望。但他又是同他势不两立的，在欣赏他的活力的同时伴随了不共戴天的仇恨，并且心里明白这仇恨最终要导致剿灭的行动的。

奥塔洛拉的一生是紧张的一生，在他事业中的每一个高峰，他总是隐隐约约地感到不祥的兆头，也就是看到班德拉盯他的眼睛。但他自从进入班德拉的圈子以来，体内沸腾的欲望就有了明确的目标，他的野性使他什么都干得出来。他要使自己达到班德拉的完美，他觊觎着班德拉的地位、宝马、美女，他要拥有这一切，最主要的是，他要取代班德拉。为达到这个终极目标，他勇敢、坚毅、深谋远虑、稳扎稳打，一步步向高峰攀登。他的目的一个接一个地达到了，辉煌就在眼前。然而他并不了解班德拉。班德拉是人所无法了解的。"他熟悉浓密的森林、沼泽和无法进入的、几乎没有尽头的蛮荒地带"，他深不可测，无比古老。原来在奥塔洛拉进入他的圈子的初始，他就把他看作了死人一个。在这个先决条件之下，他认为奥塔洛拉有资格得到他所拥有的一切。他那半睁半闭的眼睛看到了一切，他决心让这个野心勃勃的小伙子在人生舞台上做最充分的表演。所以说，是班德拉让奥塔洛拉的天性发挥到极致，以自己的榜样让他明白"活"是怎么回事，而在最后，又让他明白了作为一个人所逃不脱的釜底游鱼的处境。

对奥塔洛拉来说，没有什么值得遗憾的，他已按照心目中最完美的模式（班德拉）活完了一生。如果有来生，让他再选择，他也只能这样活。一切都不可能事先料到，因为并没有什么"事先"，他遵循的是他的本能，而本能是不可抗拒的。说到底，老谋深算的班德拉不就是象征了他的本能吗？宝马、美女、至高无上的地位，哪一样又不是散发出浓浓的墓穴的味道呢？

（二十）

　　《武士和女俘的故事》的主题是人性与兽性。对于人、对于艺术家来说，这两个方面的拉锯战是永远不会停止的。德罗图福特是向往灵魂的野蛮人，他在一次战争中同城市（灵魂的象征）遭遇，城市以它奇异难言的形象征服了他，使他抛弃了从家乡带来的信仰和责任，投身到城市保卫战当中去，献出了自己的生命。这是一个非常富有诗意的故事。当德罗图福特看见城市的时候，"灵光在闪烁，他感到头晕目眩，感到已经得到了新生，这灵光就是城市。他知道他在城市里将只会是一条狗，或一个小孩，他也知道他甚至不能理解这座城市，但他清楚这城市比他信奉的神灵，比他宣誓效忠的信仰和德国的一切沼泽地都要有价值得多"。德罗图福特同城市的相遇就是兽性同人性的汇合，他在这种汇合的闪光中提升了自己，改变了信仰，将自己的生命献给了自己不能完全理解的事业（谁也不能完全理解自己的灵魂）。德罗图福特是那种"被传统铸造成的普遍典型"，也就是艺术家的典型，这里的传统指的是伟大的精神传统，这种传统带来了分裂的灵魂和灵魂内的战争，这种传统将两极间的运动不断向前发展。德罗图福特的皈依是对新的人性的皈依，对兽性的提升（而不是单纯的背叛）。所以德罗图福特，"尽管他遗弃过他的亲人，我们仍然爱着他"，他具有"永恒的形象"。

　　与以上故事对称的是祖母的故事。祖母是一位文明人，她从一名女俘身上看到了另一种逆向的灵魂的历程。女俘是从英国来到野蛮地区的，受到沸腾的原始生命力的野蛮风气的陶冶，女俘已深深地迷上了她的新生活，那种严酷的生活充满了刺激，能够满足她灵魂的需要，并同她以前那种苍白死板的文明生活形成强烈对照。祖母被女俘所感染，后来命运又使她也变成了一名印第安人。这个故事好像是对上面那个故事的反驳，其实是同一件事物的轮回。灵魂是从文明中诞生的，但文明的基础则是野蛮。人所以能为人，是因为内部包含了兽性又超越了兽性。追求摆脱兽性的德罗图福特和追求恢复兽性的女俘的目的都是一个，即要得到更合理的人性。这两个人也可以看作艺术家身上的两种矛盾的倾向，以及他向上攀升的方式。

（二十一）

　　《神学家》讲述的是两极相通的故事。自从有人类历史以来，人的原始生命力同人的精神理念之间就一直进行着殊死的斗争。这种斗争不仅反映在宗教方面，也反映在艺术领域内；人的精神史就是由这两种事物繁衍出来的思潮之间的斗争史。作为个人，斗争又体现为理性与非理性在头脑里的对立，作为艺术创作，则体现为灵感与观念之间的对立。对立是绝对的，永恒的，斗争是激烈；人的野性发作犹如匈奴骑手，它可以灭掉一切文明，自己来充作神；当人这样做的时候，他们潜意识里却感到了：他们要消灭的，就是他们所敬畏的、永远不能真正消灭的东西——理性。

　　一种从生命出发的异教发展起来了，它起先叫作圆环派，后来又被称作历史派。相对于正统的宗教，这种教的教义强调时间的循环，强调人的主体的重要性，将这种重要性提到同神一样的地位。作为正统的神学家，奥雷利亚诺和胡安都挺身而出来为耶稣辩护，愤怒地驳斥邪教的荒谬。在对待异教徒的态度上，胡安又比奥雷利亚诺更为彻底地坚持正统信仰，并且在理念上更为清晰，有逻辑性。他的论点无懈可击，令奥雷利亚诺大为妒忌。然而奥雷利亚诺暗暗地感到了，恰好是在胡安那些极为正统、雄辩的言辞里，包含了致命的矛盾与踌躇；这对于他来说是非常危险的，就好像他之所以要言辞激烈地批判异教，是因为异教的教义深深地吸引住了他，他正在通过否定来进行探索似的。那种奇异的冲动使得胡安穷追猛打，直至将异教首领送上火刑柱，最后将批判完成。奥雷利亚诺默默地观察着胡安，看着他如何完成那种微妙的自我转化，如何在消灭了对立面之后自己就变成了对方。奥、胡和优福波三者之间的关系就如同套在一起的三个迷宫；胡安消灭了他的心头之患优福波之后，奥雷利亚诺就在暗中策划要消灭他的心头之患胡安，最后终于通过告密的方式如愿，让教廷的理性战胜了邪恶的欲望，把胡安送上了火刑柱。但欲望难道真的可以灭绝吗？失去了对立面的奥雷利亚诺在漫长的孤寂生涯中灵魂分裂了，理性崩溃，他葬身于同样的火的迷宫。他的结局和胡安的结局都应了异教徒优福波的那句话："你点燃的不是一个火堆，而是一个火的迷宫。如果把从前所有的火堆集合在这里，大地都容纳不下，而且还会把天使的眼睛烧瞎。"[1]在上帝眼中，这三个子民以及无数对立的子民合成了一个大写的"人"。

几千年来，人一直想要摆脱自己的影子，建立起一种铁的秩序，让人性在这秩序里就范。但人的欲望是莫测的；过分合理的信仰本身包含了对自身的否定，压抑只会导致泛滥；人所欲的往往是同自己的信仰相反的东西。二元的对立永远同人性并存，人只能在亵渎中发展自己的信仰；消除对立的努力终将带来自身分裂的后果。然而和平共处也是不可能的，搏斗会一直随生命的发展进行下去，分裂则以迷宫套着迷宫的方式延伸，直到无限。异教就是那种正视人的欲望、关注内心冲突的教派；他们认为人是神的器官，是神为了感觉世界而设计的；这种人神合一的观点在根本的方面同正统教派非常接近。所以两位正统教的捍卫者都通过同样的驳斥对立面的方法使自己为对立面所战胜，由此显示了异教那合乎人性的魅力。这种情况同艺术创造中的欲望与理性之间的关系很相似。创作就是欲望突破观念的行为；匈奴一般的灵感扫荡着一切防守，似乎要将理性彻底消灭。但艺术家知道，他在心底留下了一本书，书上的文字永远是受到特殊尊重的。什么是艺术家心中的书呢？就是那永远在警觉中监视着灵感的动向，以强有力的辐射影响着灵感的方向的最高理念，它以岿然不动的风度在幕后观看骑手们的叛乱，让妄自尊大的骑手们将获胜的旗帜插在它的堡垒之上。它知道它的溃败就是它的胜利。

注：

（1）《博尔赫斯文集·小说卷》，海南国际新闻出版中心1996年版，第234页。

（二十二）

《埃玛·宗兹》这一篇描写的是创作情感的起源以及创作中那种特殊的交流意向。要进行创作的人相当于被现实中的屈辱、仇恨和悲痛刺激得要发疯，于是通过创作来进行复仇的人。复仇的情感来源于现实，但一进入创作状态，这种情感就同现实有了质的区别。情感升华了，成了一种表演。复仇的初衷是来自同情，同情的含义则是将对象所遭受过的痛苦由自己来重演一遍；同情的程度越深，越是不放过每一个细节。唯有像埃玛这样身体力行的表演，而不是停留在头脑里的构想，可以深入对象的灵魂，将一切发生过的屈辱、悲伤、痛苦和绝望再现，以此来释放自己的情感。可以说一切艺术的冲动都产生于同情心，产生于要体验对象情感的那种焦虑。又因为人和人是不相同的，一个人怎能完全、逼真地感受到另一个人的情感呢？哪怕是再敏感、再心细的人也不可能做到这一点，何况对象是那不能对交流作出反应的死者。于是艺术的表达发生了，这种表达就是埃玛用行动作出的表达。她通过这个事件让自己扮演了父亲，并用改写结局的方式为父亲报了仇。其过程非常类似于一次创作。策划者埃玛在事件的前夕处于一种疯狂痛苦的交流渴望之中，交流的对象是永远不能复生的父亲（令她情感受伤最深、成为她心头之痛的对象）。这个对象又是不出声的，因此埃玛的努力成了单向的、绝望的运动；只有那奋不顾身的投入，那高度炽热的情感爆发能够让父亲活在她的心里；不然就会被她逐渐淡忘，那正是她最害怕的。所以表演的实质就是让不可能存在的东西存在。埃玛的绝望交流同艺术创作时人和上帝（或真实）交流时的情形非常一致：发出的信息永远得不到答复，对方的沉默其实是无声的答复，这无声的答复又刺激人进一步表演下去，在表演中接近对象。

（二十三）

《阿斯特里昂的家》是艺术家的自白。

出身高贵的阿斯特里昂有一个超凡脱俗的家，家中的一切都像是魔法的产物，充满了矛盾，却又纯净单一，正如王后之子阿斯特里昂本人。那个家里没有一件家具，家中的每一部分都和另一部分相似，却没人数得清总共究竟有多少个部分，也就是说，房子的结构既显出无限性又显出重复性，另外整体上还显出不可重复性。一切都打上了"无"的印记，即思索的印记，因为"是我创造了星星、太阳和这个囚犯"。而他自己，也免不了在这个陌生化的家中跌得头破血流。但同时，他的家门却是向所有的人和动物日夜敞开的，具备了意愿和胆量的人都可以进去。

被自己囚禁在家中的阿斯特里昂整天干些什么呢？除了假装闭着眼入睡以外，他喜欢玩分身术的游戏，将自己分裂成两个人，带领另一个"我"参观房子，对房子里将出现的景象做出分析和预言。这种游戏往往使他获得很大的快感，因为房子里的一切都是新奇的。有时他会走上大街，看见平民百姓的脸，这时他感到无比恐惧，别人对他也同样恐惧，他是一个异类。他的皇家血统流淌在血管里，阻止了他同世俗混在一起，而同时他的房门大开，他渴望世俗的生活，因为那是他想象的根基。阿斯特里昂假装闭上眼睡觉时其实是在思索，在思索中他成了唯一的大写的"人"。他的灵魂涵盖了所有其他人，世俗的交流对他不再重要，况且中间还有文字作为障碍。他在哲学层次上同所有的人进行了交流。但这种抽象化的生活却令他痛苦，因为驱不散空虚的折磨。阿斯特里昂对象征着区分的文化兴趣不大，他只爱玄想，玄想使他天马行空。平时，阿斯特里昂的消遣是自娱，他的游戏花样繁多。

阿斯特里昂的生活中有一个关键的仪式，那就是死亡与拯救的仪式。这件事是他活下去的动力。每隔九年就有九个男人来到他的房子里，让他把他们从一切不幸中解救出来。男人们在同他见面的短短仪式中死去，而他的灵魂则因此得救。因为他从他们中的一个得知自己的救世主即将到来，这个信息就是他的希望。这个仪式就是艺术生存的形式。艺术家身上的毒素（死或无）总在不断杀死生的欲望，但欲望并不因此消失，它不断转化着，逐渐变成牛头怪，当然就是牛头怪也逃不脱被杀的命运，因为只有死亡预示着拯救。也许阿斯特里昂永远等不到救世主的脚步在他房里响起，但一个又一个的被杀者会源源不断地将他即将获救的信息告诉他。

（二十四）

《另一次死亡》描写的是艺术家那阴沉的、激情的内心，和艺术被创造出来的过程。

堂佩德罗一生的经历是扑朔迷离的，对于他，人不可能获得完整连贯的印象，只有相互矛盾的片断瞬间，就如上校那反复无常的记忆。实际上，上校的记忆中记下的正是人性的真实模样。

初出茅庐的堂佩德罗很早就在马索列尔战役中同死神遭遇，并因贪生的本能而成了胆小鬼。这个故事开始的情节十分简单，不简单的是后面所发生的戏剧性的转折。堂佩德罗没有将那一次的耻辱逐渐忘怀，而是在离群索居之后便开始了另一项不可思议的努力：改变过去。但过去是不可改变的，人该怎么办？人可以使过去的事在幻想中重演（把过去变成一场梦），并在重演时修改或重塑自己的形象。这就是堂佩德罗在漫长孤寂的乡村生活中所做的事。

▶《神学总论》里否认上帝能使过去的事没有发生，但只字不提错综复杂的因果关系，那种关系极其庞大隐秘，并且牵一发而动全身，不可能取消一件遥远的微不足道的小事而不取消目前。改变过去并不是改变一个事实，而是取消它有无穷倾向的后果。[1]

为了改变遥远的过去那件令他刻骨铭心的事，堂佩德罗取消了自己的日常生活，一头沉入自己的幻想，顽强地、按部就班地用艺术来篡改公认的现实，通过漫长的、隐蔽的积累，创造出了一部精神的历史，并在最终的意义上改写了世俗的历史。

堂佩德罗的形象很难固定，因为这是一个把生活变成梦想和忏悔的人。在梦想中他的肉体消失，他成了影子，而尘世的生活仿佛是在玻璃的另一边隔得远远的。在众人眼中他的形象淡淡的，他的死就像水消失在水中，那么单纯、无声。这个模糊的形象内心却经历着腥风血雨的战役，完成了伟大的悲剧，他本人也以奥赛罗的面貌活在人们心中。故事涉及了艺术的根源问题，艺术不是来自于表面的社会生活，而是来自于内在的羞愧和激情，来自于要改写自我的冲动。堂佩德罗在死神面前悟出了人生的虚幻本质，也找到了使自己重新复活的秘密途径，那场外部的战争远不如他内心的战争来得深刻。

故事中的上校也是一个内心极为丰富的人。对于他来说，马索列尔战役同样是他灵魂里的一场战役，他对那场战役保留着鲜明生动而又充满虚幻的回忆。从他的叙述里你可以闻到战火中的硝烟，但你抓不住按常规解释的事实。那样的事实不存在。

▶ ……他叙述的内战情况在我听来不像是两支军队的冲突，反像是一个逃亡者的梦魇。……他一件件事讲得如此生动，使我觉得这些事他讲过多次，他的话根本不需要回忆。[2]

他是从人生的本质来看待这场战事的，这便是他的记忆反复无常的原因。人必须及时"忘记"，才能更好地继续生活或改变生活。在人生的大舞台上很难对一件事做出定论。堂佩德罗到底是人们看到的胆小鬼还是具有非凡勇气的战士呢？应该说是二者的统一，必须承认没有多少人敢于像他那样将自己的一生置于腥风血雨之中。上校也是一个看透了人生的虚幻本质的人，所以他的记忆混乱而矛盾，因为他记下的是本质性的东西——迷宫中绝望的行军，对城市的恐惧，梦魇似的逃亡，必死无疑的逼真感觉。在这种神秘的大氛围里，某个部下的具体表现实在无关紧要。

堂佩德罗用自己的一生构写了这个悲剧故事。结局到来前的几十年里，他因为不能满足只好一次又一次演习。他暗暗等待，想要的结果总是得不到，那个结果是命运留到他的最后时刻给他享用的，而他，一直在为奇迹的出现做准备。由于长年的激情耗掉了生命，他终于走到了最后一刻，梦寐以求的另一次死亡实现了，他获得了最大的幸福。

注：

（1）《博尔赫斯文集·小说卷》，海南国际新闻出版中心 1996 年版，第 266 页。
（2）同上，第 261 页。

（二十五）

对于宗教，对于神，艺术家的态度总是处于极度的矛盾之中。一方面，他那蓬勃的生命力使他本能地排除或亵渎神道，在作品中由衷地赞美生命，展示人性中的一切，通过悲剧和喜剧的写作来进入人生的迷宫，在那里面遨游，追逐着生的奇迹。另一方面，经过漫长的生之探索之后，他往往发现他走过的每一段旅途都与宗教的追求暗合，那就像是殊途同归似的。或者说，他的境界就在宗教的境界之中，而宗教的境界也渗透在他的境界之内。《阿凡罗斯的探求》中描写的，就是艺术家追求诗的境界的过程，这个过程步步离不开同宗教或神之间的瓜葛和恩恩怨怨，既排斥又统一，充满了迷茫困惑，也不乏刹那间的豁然开朗。

故事一开始，写作者阿凡罗斯正在通过写作抨击神道，张扬人性。在他的写作境界里，充满勃勃生机的迷宫出现了，迷宫的一头是由潺潺的泉水滋养着的美不胜收的人生风景，另一头无限延伸，与永恒相连。但他的写作很快就遇到了障碍，一生都被幽闭在伊斯兰圈内的他，在阐述亚里士多德学说时被两个陌生的词的含义难住了：悲剧和喜剧。他颓然搁笔。这时院子里传来一阵歌声，阿凡罗斯从阳台向下张望，看见几个孩子在表演宗教仪式，他们在表演时用俗话争吵，似乎是对宗教的反讽。但阿凡罗斯从他们的表演里受到了另外的启发：悲剧和喜剧不正是类似于孩子的表演吗？或者说宗教不就是以这种形式出现在艺术中吗？这时他又想起了他的旅行家朋友阿布尔卡西姆的事，于是灵感涌出，他的写作顺利地进行下去。对神学一窍不通的阿布尔卡西姆将诗歌中的意境当作最高的信仰，他本能地忠实于这种信仰，但在神道面前，他是一个怯懦者，他不敢否定至高无上的神，却又由衷地赞美着人生。在这场神学家、旅行家和诗人的关于艺术、神和文字的讨论中，阿凡罗斯的立场其实是动摇的，他怀疑宗教是否能包罗万象，而从心里虔信艺术的力量。他的观点遭到了来自神学家方面的反驳，他犹豫不决。这时诗歌的崇拜者阿布尔卡西姆给大家讲了一个奇异的故事。这个故事因为其中的意境无法言传而不为常人所理解，所以在座的神道维护者都不理解。阿布尔卡西姆的故事发生在生命之河的入海口，几乎是世界尽头的遥远地方。旅行家穿越茫茫的沙漠到达那里，一位穆斯林商人带领他去参观一幢木房。结构怪异的木房平台上，有十几个人在表演，这些人演的是囚犯，他们在音乐声中打斗，倒下死去又复活。阿布尔卡西姆说他们在表演历史，也就是说，在表演人类精神史。阿布尔卡西姆还认为他们是在演故事，而不是讲故事。为了更生动地说明他的观点，他又用另外一个故事来说明前面的故事。他说的是两个睡觉者的表演，睡觉者进了屋子，祈祷，睡觉，睡的时候睁着双眼，然后他们睡着生长，三百零九年之后幡然醒来，将一枚钱币交与商人，和一条狗在一起……神学家问阿布尔卡西姆表演者是否说话，阿布尔卡西姆便将表演者急躁的窘态描述了一下。表演者之所以急躁是由于词不达意，因为历史的本质无法言传。但神学家认为不论什么事都是可以说清楚的。阿凡罗斯之所以在写作中想起了阿布尔卡西姆的故事，是因为他所说到的那种表演同院子里孩子们的表演性质上是一样的，阿凡罗斯在写作中才真正理解了那个故事的含义。是的，悲剧和喜剧就是人性的演出，也就是把宗教变成表演，表演的场所在世界的尽头，同虚无接壤的地方。他们的讨论接下去又涉及诗歌和语言。阿凡罗斯认为，没有一种语言是万能的，语言的表达总是局限的，词语和类比无论当时多么新鲜，总会过时。只有真正的诗歌可以使语言成为表达永恒的手段，这种表达同通常的类比无关，它凸现的是人生的本质，时间磨不掉它的魅力，只会使它越来越丰富地活在人们心中，每一代人都会在那些永恒的句子里加上新奇的想象。在这一点上，诗是最为接近表演的。阿凡罗斯谈到在蒙昧时代诗人们已经用沙漠的无限语言表述了一切。这令我们想到他所指的蒙昧时代的诗人类似于阿布尔卡西姆的囚犯表演者，也类似于当今每一位艺术追求者。那种沙漠的语言就是囚犯们发自内心的喊叫。从有表演那天起，人就有了自己的宗教。

阿凡罗斯在书写到最后时发现自己进入了虚无的境界——"仿佛被火化作了乌有"。他探求的结论是：

▶ 亚里士度（亚里士多德）把那些赞美的作品
定名为悲剧，那些讽刺的作品定名为喜剧。
《古兰经》的篇章和神庙的蒲团，充满了精
美的悲剧与喜剧。[1]

阿凡罗斯从怀疑宗教出发，本想指出神道的局限，没料到得出的结论同他的初衷相反。他的探求似乎是一个失败的过程，然而这过程是多么的迷人啊。这就是艺术的方式，艺术使描写人性的悲喜剧充满了神性，使语言变成诗，宗教被表演，精神被张扬，人性的探索造就了人本身：

▶ 我感到，我的故事象征着一个人，他就是
过去的我。我一边写，一边觉得，为了写
这个故事，我必得成为那个人；为了成为那
个人，我必得写这个故事，相辅相成，直
至永远……[2]

讲述者"我"终于明白，艺术与宗教，均产生于人类精神的源头，它们是精神长河中那万变中的不变，它们的存在从蒙昧时代开始，延续到永恒。

注：

（1）《博尔赫斯文集·小说卷》，海南国际新闻出版中心 1996 年版，第 284 页。

（2）同上，第 285 页。

（二十六）

希特勒、暴力——*艺术中的原始之力*

德意志——*倡导灵魂解放的制度*

基督教——*世俗理念*

集中营——*灵魂内部*

戴维·耶路撒冷——*诗性精神*

众人、别国——*理智*

　　《德意志安魂曲》是用象征手法写成的艺术精神的赞歌。通过虚拟的死囚奥托·蒂德里奇·朱林德的自述，我们得以进入艺术家的灵魂，看见那里处处崭露出暴力倾向，一点也不亚于希特勒的疯狂。灵魂内面的真相原来是尖锐的矛盾对立，是无数的阴谋与杀戮，一种嗜血的信仰指引奥托勇往直前，为事业而献身。

　　"我"（奥托）是一名纳粹分子，我的祖先、外祖父、父亲均是勇敢的战士，也许还是杀人不眨眼的魔王。下面我要讲的话并不是请求宽恕，只是希望能得到理解。因为我预感到我的案件在将来的普遍性，我拥有未来，纳粹精神将永不消失。

　　我喜欢音乐和哲学。叔本华通过他直接的理性认识，莎士比亚和勃拉姆斯通过他们各自五光十色的世界征服了我，我永远离开了基督教。我于一九二九年加入纳粹党，在党内学习期间我发觉了自己的最大弱点——缺乏施行暴力的天赋。而且我还发现自己对从事暴力的那些同志从生理上非常厌恶。神奇的命运的转折不久就降临到我头上，两枚子弹打穿了我的大腿，我被截肢。从此以后，命运之神为不善暴力的我安排了另一种排除直接肉体暴力的生活——我成了集中营的副主任。从这天起我将以心灵的暴力来代替动手进行的杀戮，这种工作正如莎士比亚创作他那许许多多的血腥的悲剧一样。当然我并不相信命运，我的命运在我自己手里，这一切均出自我潜意识深处的安排，一种特殊的、将遭致艰难困苦的安排，我服从了这种安排，这种比死还要困难的"恶活"的安排，我自己也就成了神灵。可以说，是我自己使自己双腿残废，调动起我那沉重的大脑，来策划那许许多多世界上最为阴毒残忍的诡计的。我的牺牲品之一是大名鼎鼎的诗人戴维·耶路撒冷。慈善家常常通过监狱和他人的病痛来验证自己的怜悯心，而我，作为一名崇尚暴力的纳粹主义者，我要通过耶路撒冷来验证我的信仰。因为耶路撒冷的诗深深地打动了我，在读他那些美丽的诗歌时，我全身心融入进去，我变成了他。我的疯狂的迷恋使我决心让诗人的情怀发挥到极致，让它同死亡接轨。为达到这个目的，我将人所能想到的折磨全都对耶路撒冷用尽了，我折磨的也是我自己灵魂的那个该诅咒的部分，是的，我别无他法，我必须残忍到底。结果当然在预料中，耶路撒冷终于疯了，不久就死了。这是我将他的诗性精神提升到最高阶段的必然结果。我这个失去了天堂的人一直在铤而走险，而现在，同死的靠近让我紧贴着生。我在发挥自己才能的同时体会到了爱的激情，我爱耶路撒冷，我爱我灵魂的这个部分，无边的大海突然靠近了我。当然我的生活中也并非全是胜利，我很快领略到了失败的苦味。由于众怒难犯，希特勒的帝国崩溃了。奇怪的是帝国的崩溃却令我感到高兴和痛快。也许我深深地懂得，暴力是不会消失的，希特勒的崩溃不过是证实了这一点：冲突的双方不论哪一方得胜，都会推动矛盾向前发展，而不是死水一潭。并且一开始我们就知道，冲突最后必然要以自己的牺牲作代价，我们出于自愿献出生命，毫无怜悯，所以我感到苦味的同时更多的是痛快。毕竟我们以我们的气魄创造了时代，让暴力占了统治地位。我不怕下地狱，我在为人类，为他们的未来奋斗！

　　说完这些，我照了照镜子，想看看我是谁。我是谁？我是名叫克里斯多夫·朱林德的祖先；我是名叫乌里希·福克的我外祖父；我是我父亲；我是我无比敬爱的诗人戴维·耶路撒冷（可惜我害死了他）；我是伟大的德意志，也是遭到德意志侵略，为它所厌恶的所有的国家。我的灵魂不惧怕死亡，因为死亡是它的大团圆的结局，所有那些冤魂的影子都在那边等待着我同他们汇合。

（二十七）

《萨伊尔》是《阿莱夫》的姊妹篇。

故事中的萨伊尔是一枚普通的钱币，是人们的古老的信仰，然而它还是欲望的凝固和虚无的崭露，是对立双方的争斗与消耗，最后，它是描述者心中的第一美女特奥德里娜。特奥德里娜具有一种矛盾的美、痛苦的美，在她身上，美不是某一个形象，而是一种焦渴，一种绝望的自我折磨，一种抓住现世又摆脱现世的努力。她无比热爱生命，注重自己的仪容，但她的性格中又有一种残酷决绝的否定倾向，一切她生活中有过的，都难免遭到这种倾向的杀戮。要达到和维持这样一种特殊的美当然是艰巨的，甚至是凄惨的，不可能的。特奥德里娜在生前从未攀上过顶峰，然而在她死后，她所追求的那种尽善尽美终于从她脸上浮现出来了，那是一种傲慢的、蔑视一切的表情。经历了那样多的沧桑变化和致命打击，她仍然支撑着表演到了最后，将她心中那杰出的欲望与虚无，生的肮脏与死的纯净同时凸现在描述者的眼前。特奥德里娜为什么傲慢？因为一生被迫同自身的庸俗和外界的丑恶达成可耻的妥协，但仍然心胸高洁；因为肉体永远在突围的冲动之中，绝不把命运无情的钳制当回事。在内耗中奋斗了一生的她，只能在灵魂出窍的瞬间将她的蔑视凝固下来，作为对她全部追求的注释。描述者见到了死去的特奥德里娜那终生难忘、令他魂牵梦萦的遗容，那遗容引起了他生理上的巨大痛苦，似乎在向他诉说生的真相；那遗容经过抽象，转化成了一枚钱币萨伊尔。在绝望中同萨伊尔晤面过的描述者不能再生活下去，可是他也不想死，他只能做一件事——在幻想中思索。萨伊尔是摆不脱的，肮脏的钱币代表了未来的欲望，他看见了那些欲望，有高尚的，也有卑微的，他也闻到了钱币堆里散发出来的死亡气息，他梦见自己变成了钱币。但他醒来之后仍无处藏身，于是他回到生活，在小酒馆里用萨伊尔换了一杯酒。那以后描述者的情感经历转化成了一篇小说，小说的主人公是一位禁欲主义者，我们也可以将他看作萨伊尔。那是一种很特殊的禁欲，如同魔鬼的改邪归正，它的产生是由于积累的邪恶欲望之爆发。描述者在故事中抒发了他对萨伊尔，也即对特奥德里娜那不变的爱。本来他是试图通过这个故事来忘掉他永远忘不掉的事，结果是适得其反，失眠折磨着他。后来他终于从前人的一本书中得到启发，明白了从萨伊尔中解脱出来的唯一途径是持续不断地研究它，也就是让它变为自己的本性。他从研究中得知，萨伊尔是事物中那些永恒性质的显现，即美的显现，这种美绝不是静态的，它的魔力令人发狂，因为它将如此极端的矛盾钳制在内部。当你看它的时候，你必须同时看到它的正反两面（否则它不会在你面前出现），那就像一个球形，萨伊尔住在中央。在这种遭遇中，人获得了辩证的眼光，疯狂与圣洁连在了一起。最突出的例子莫过于神奇的老虎了。面对虎的强大生命力，孱弱的人惊叹不已，如果人的感受再向前跨一小步便会同死亡遭遇。萨伊尔教会人透过死亡看见美丽的虎，并用这种眼光去看待每一朵花，因为它们身上都有完整的意志，合二而一的意志，那也是宇宙的意志。见过了姐姐遗容的阿巴斯卡尔太太同样也发生了古怪的变化，她被遗容激起了欲望，这欲望却不能将她带向生活，她只能在幻想世界里藏身了，那是真正的艺术境界，在那里面，所有日常的创痛都再也感觉不到，而人，同萨伊尔合为一体，生活变成做梦。那正是描述者要达到的境界。描述者在失眠的夜晚在大街上游荡，他想着萨伊尔，所有见过萨伊尔的人都只能想着它。当他将一枚萨伊尔花掉，实现自己的欲望时，上帝就在钱币的后面出现了。人马上想到死。但人人都会将萨伊尔一次又一次地花掉，因为它是玫瑰（女人）的影子和面纱的裂口，人还可以从它里面看见老虎的雄姿。

萨伊尔的美是一种非常难以承受的美。它来源于生命中的矛盾，消耗着生命本身，它专心致志，从不偏移，它的魅力摄人魂魄，它既强烈地激起人的欲求，又横蛮地阻止那种欲求的实现。这样一个异物，见过它的人将毫无例外地卷入那种分裂与混乱。然而人为什么要自愿承受这种可怕的美呢？恐怕还是体内不可战胜的邪恶欲望所致吧。为了给欲望以出路，人顺从了萨伊尔的意志，在煎熬中度日，反复无常，忽惊忽乍，但念念不忘那不朽的虎，用虎来否定一切生的猥亵与卑劣、恶俗与浅陋，同时运动起僵硬如木偶般的肢体，蹒跚地迈向虎的家园——那太阳之乡。在谜一般的人生旅途中，或迟或早，人总有那么一天要同萨伊尔遭遇，那种具有强大杀伤力的美将从此进入人的内心，在那里驻守到最后一刻。人自相矛盾，走投无路，为寻找意义像瞎子一样乱撞，为突出重围而弄得头破血流。中庸之道是没有的，平静和安宁意味着死和美的消失，唯一的可能性就是描述者称之为"奥克西莫隆"的做法，即来回在两极之间。萨伊尔产生于悲剧，它的美是一种悲剧的美。特奥德里娜脸上那变幻的、包罗一切的表情是黑暗的光线、黑色的太阳，它暗示的是煎熬、磨难，甚至杀戮，然而它也暗示金光灿烂的高贵的虎，暗示坚忍不拔和蔑视一切。领悟了这一切的人仍然要承担它，发扬它，为的是自身的生存与发展。

（二十八）

《神的文字》描述的是精神生活的恐怖模式。

人经历了金字塔被焚毁的灾难，遭受了精神和肉体的酷刑之后，终于进入了千年地牢。这一切也许是神的安排，但更可能是他心灵深处的选择。总之他现在待在完美的地牢里，这里有精神生活需要的一切。地牢是黑暗的，但也并非完全没有光，中午太阳直射时，牢顶的门会打开，他会看见光线，还有神秘的狱卒从上面用铁滑车给他垂下水罐和肉块。完美的地牢里还有一头最初看来是毫不相干的美洲豹，它被关在这名囚徒的隔壁，正在沉着地踱来踱去。进入了这样一个绝对不可能得救的地牢，人却还没有死。绝不想死的囚徒必须做点事来打发漫长的时光。他所做的，就是向灵魂最黑暗的深处探索，他要抓住最原始的记忆，找到同神会合的途径。他的这种记忆方式来自神的传统。他的方法奏效了，他记起了一切，从石头的纹理次序到无边的海洋。他明白了精神不灭是精神本身的性质，也是神的意志。是神在混沌初开的第一天就写下了让精神永存的一句话，他一定要通过记忆的搜索找到那句话，并读懂它。他还明白了他作为巫师和囚徒，一直处于天地终极的时期，神会赋予他理解那些文字的特权。这个希望的萌生让他振奋，他加紧搜索，将山、河、帝国、星辰等一切有可能是神的话语的负载体都搜索了一遍，他还搜索了谷物、牧草和世世代代的人。但神的文字"远在天边，近在眼前"，它们就写在和他一同被关在地牢里的美洲豹的花纹上。那沸腾着生命力的、动物的鲜艳的毛皮，给草原和牲畜带来恐怖的迷宫之网，上面原来记录着神的意志。这是神的馈赠，神让生命负载他的意志。关在地牢里的囚徒原来可以日日夜夜同神的意志生活在一起，怎不令他兴奋！可是神的意志是不可解的，达到神的途径是对生命形式的不知疲倦的研究。在漫长的年月里，他一点一点地记住了花纹的所有次序和形状，然而谜仍然是谜，得不到解答，只是他在研究的过程中发现了谜的普遍性和永恒性（那其实就是说不出口的"死"），所有的研究都集中到了一个词上面，神的那个词兼容并包，超越一切。当探索快进入核心时，存在变得越来越不可忍受了，可怕的、象征现实的沙不断倍增，形成半球形压在他身上，压得他透不过气，他窒息而死。那并不是真的死，只是关于死的梦，人活着就只能做梦（自欺），但人又还可以认识这种自欺。所以他嚷道："我梦见的沙子不能置我于死地，也没有套在梦里的梦。"当亮光终于使他醒来时，他已分裂成两个人了，即做梦的人和释梦的人。做梦的人永远在迷宫中探索神的意志，释梦的人坚守在严峻的石牢里，同美洲豹、黑暗和石头待在一起，那是他永久的家。分裂完成后，同神的结合就开始了。象征宇宙的最高的轮子将他的两个变体都包罗进去，他自己成了宇宙，他也看到了宇宙和宇宙的隐秘意图，看到了圣书记录的万物起源，看到了众神背后那个没有面目的神，他感到无法形容的幸福！一切都弄明白之后，他也搞懂了豹皮上的文字的含义。然而此时，痛苦并不因此消失，石牢也依旧坚不可摧，只因为他不能将那些文字说出口。只要精神存在一天，孕育它的石牢也就不会消失，不过这些都不重要了，他的一部分见过了宇宙，感受过了宇宙的鲜明意图，那不就是所有人的最高追求吗？他的另一部分躺在黑牢里悄悄灭亡，这又有什么要紧呢？他已体验过了肉体消失、精神长存的意境，还将一直体验下去。当初他顺从神的意志自愿选择了石牢，石牢给了他一切。他通过对生命的探索走近了神，自己也成为神的一部分，为的就是这体验。所以说不出神的文字不是人的大遗憾，反而是神的一种恩惠，承受了这种特殊恩惠的人将一生动荡不安，大悲大喜，在下地狱的同时看见天堂，时刻置身于以身试法的境界，置身于那包罗万象的宇宙大轮子里。

（二十九）

与《曲径分岔的花园》相对，《死于自己迷宫的阿本哈坎 – 艾尔 – 波哈里》是心灵故事的另一种讲法。前者突出的是人的勇敢无畏，拼死追求，后者描述的则是一个阴险的、心计异常深的，却又犹豫不决，最后则孤注一掷的人的形象。当然这个人同那名间谍同样地忠实于理想，只不过在此处，人更显出其"一不做二不休"的横蛮勇气，而这种勇气又是在极度怯懦的性格外壳中爆发出来的。萨伊德大臣到底是怯懦还是勇敢？他对于像死神一样追逐自己的国王到底是害怕还是渴望？一切都是模棱两可的，又由这模棱两可展示出生命的真相。

仿佛是千年的地狱之火的锤炼，萨伊德集中了人类的全部的恶毒、怯懦和卑劣于一身，就是这样一个魔鬼现在要向死神挑战了。他的一举一动都是那样的残忍、猥亵、下作，令人作呕，可是他的气魄和非凡的想象力确实令人钦佩！作恶是人活在世上逃脱不了的命运，因为环境所逼，因为欲望高涨，也因为求生的本能。当人作恶时，死神就将自己那长长的阴影投在人前方的道路上，作为对人的不变的制约。萨伊德同国王所玩的，就是这样一场甩掉影子的游戏。

在这个故事里，我们看到人已经变成了食腐肉的动物，那漆黑的灵魂再也不可能通过宗教来获救。人该怎么办呢？只好自己救自己，因为人不想死，人即使死到临头了，也要向死神作最后的报复。萨伊德造迷宫就是出于这种顽固的报复心理。萨伊德出于贪婪杀了人，又出于害怕而潜逃，最后出于明白自己逃不脱自己的影子而异想天开造迷宫。他将他的绝望的处境向牧师描绘（当然隐瞒了重大情节），牧师便理解了他的牛头怪一般的行为，不再用教理来谴责他。因为宗教救不了他。萨伊德为了战胜死神而自己冒充死神，身后跟着"阳光般金光闪亮的猛兽"和"像夜晚一般黝黑的奴隶"，给人威风凛凛、法力无边的印象。他在海湾建造了醒目的、大红色的迷宫，坐等真正的死神上门。也许是长久的担惊受怕快要耗尽他的精力，他才想出了这样一个绝招，这样一个胆大包天的、孤注一掷的诡计，以此来将他那噩梦般的生活告一段落。那位能够预测未来的数学家将他称之为"巴别国王"。因为他所造的迷宫类似通天塔。

萨伊德内心深处当然明白影子最终是甩不脱的，但他同样也明白自己在这场游戏中终究是要顽抗到底的。于是他在建造迷宫之时内心充满了矛盾。一方面，他将迷宫的内部弄得万分复杂，似乎真的要让死神找不到坐在中心的他，他对死神既憎恨又害怕；另一方面，他又把房子造在海岸的高地，外墙涂成大红色，让海上航行的水手们老远就能望见，并且将房子内的条条走廊修得通向瞭望塔，可以想见他天天去那塔上焦急地张望的情景。谜的答案永远只是一个——死，而活着是神奇的。萨伊德要用人工的方法活出一种超自然的状态来，要把最不合情理的怪事变为现实。因为迷醉于自己发明的游戏，他简直是迫不及待地盼望着死神快快上门了。这个阴险怯懦的强者，终于如愿以偿地对死神开了个大玩笑，而自己悄悄溜走了。当然胜利只是象征性的，那影子仍然在身后紧追不舍，但只要想起自己曾经做过，或扮演过国王，那便是对他莫大的安慰了。

在这个故事里，人的形象是如此的阴暗、肮脏、下流、没有希望，与此对称的是，人为实现理想的卓绝的努力又是如此的顽强、不屈不挠，并在努力中爆发出辉煌的想象力。死神说："无论你到什么地方，我要抹掉你，正如你现在抹掉我的脸一样。"[1] 人说："我发誓要挫败他的恫吓……"[2] 萨伊德身后如阳光般金光闪亮的猛兽和像夜晚一般黝黑的奴隶就是人的形象的一分为二。这两个方面总是相辅相成，共同发展的。至于凶手梦中的蜘蛛网，那既是在暗示人已经恶贯满盈，也是在预示人将继续作恶，为圆梦而将已开始的事业进行到底。数学家邓拉文就这样引导着诗人昂温一步步进入最后的逻辑性的突破和非理性的致命一跃，到达与我们凡人世界平行的另一片新天地。

要破译死亡之谜的人，最为切近的途径就是自己扮演死神。

注：

（1）《博尔赫斯文集·小说卷》，海南国际新闻出版中心 1996 年版，第 305 页。

（2）同上。

（三十）

　　《两位国王和两座迷宫》描述的是精神体验的两个层次。一个层次是阿拉伯国王所经历的迷宫历险。可以设想当他在迷宫里东奔西突时，头顶那巨大黑色阴影的恐怖。但这还不是单纯的"死"。那些奇异的台阶、柱子、大门、围墙和梯子将氛围弄得复杂了，在这时人是从各式各样的生命形式里去体验死。困兽一般的人渴望找到出口，其实是渴望体验"真的"死（只是他自己不知道而已）。领悟了巴比伦国王意图的阿拉伯国王做出了另一种安排，从而将巴比伦国王提升到那种更单纯的死。他的安排就是将巴比伦国王绑在一只快速行走的骆驼上，来到无边无际的沙漠里。在骆驼的背上，巴比伦国王的体验越来越单纯，越来越排除了外在的因素，可以用一个简单的"渴"字来形容。那就是艺术的境界，欲望因缺乏而无比强烈。直到最后，人终于走到最最单纯的体验——死。这便是第二个层次。在这个层次里，形式变为单一，直至完全消失。这个故事里讲述的也是艺术的本质，所有的优秀作品都会给予读者上述两种体验，都会唤起读者内心的那种"渴"，如同阿拉伯国王在迷宫内寻找出口时的渴，也如同巴比伦国王临死前因为缺水的那种渴。在作品中这两个层次不是截然分开的，而是单纯中包含复杂，复杂中呈现单纯。

（三十一）

《等待》是《秘密奇迹》的姊妹篇。维拉里用一分为二的分身术给自己判了死刑。其中作为死囚的那名维拉里，自己将自己囚禁在一所房子里。被囚禁的他决心要过一种像狗一样的单纯生活，即，既没有过去，也没有未来，只有现在。他要把从前轰轰烈烈的、热血沸腾的生活斩断，但他又不马上死，而是一心一意地等死，清心寡欲地、虔诚地等死。他这样做的时候并非内心没有矛盾，人只要还没死，就不可能真的平静，因为生命是扰乱人心的东西。所以他一方面希望安安静静地死，另一方面又生怕别人不知道似的，别有用心地给了送他来的司机一枚特殊的钱币，好给他留下深刻印象。在没有尽头的监禁生活中，他也不是同外界一刀两断，而是同常人一样过活，用一个垂死人的眼光去看报纸，看电影，即兴趣依然不减当年地关心着外面发生的一切。改变的只是眼光。因为这种生活态度，他生活中仍然有事件，因为事件是构成时间的物质，过去如此，今天仍如此。有一次他牙痛发作，可怕的疼痛逼使他像常人一样去了医院，医生帮他拔去了病牙；还有一次他在电影院里受到奇怪的人的推挤，他怀疑那人同死神有关，回到家后惴惴不安，好几天不敢再上街。除此之外他的生活便是做噩梦了。在梦中他反复抗争，一次又一次用手枪击退逼近的死亡，在不变的背景下演出不同的死。日子纷纷乱乱地过去，最后的噩梦终于降临了。那身在别处的另一名维拉里同一名陌生人一道带着枪，作为死刑的执行者出现在他的房间里，最最单纯的死（或生）终于到来了。在这最后的瞬间，死囚维拉里想的是什么呢？他想到的是让刽子手进入他的梦，就像他一贯所做的那样；他想到的是也许还会有一次较量，他将在较量中用尽他的智慧。他怎能不较量呢？那是他多年一贯追求的方式啊。就这样，仔细摆好了姿势的他在魔幻的境地里同那另一个维拉里会合了。

《等待》似乎比《秘密奇迹》更低调，更悲哀，它强调的是精神生活的高纯度，理性的自觉承担和绝对制约；而《秘密奇迹》则以其生的狂热，想象的紧张活跃，色彩的丰富变幻强调着非理性那制约不了的反叛力量。二者和谐地构成了完美的模式。

（三十二）

　　《门槛旁边的人》这个故事很有经典意味。艺术是什么？是原始的暴力向铁的秩序的挑战，是自我意识监控下的疯狂。格兰凯恩就是艺术家灵魂里的中央政府派出的一名使者。中央政府的意图十分暧昧，它似乎是要使者去平定骚乱，恢复秩序，建立和平，但它派去的这名使者却是血液里带有暴力传统的人。格兰凯恩所做的事也是很暧昧的，他推行一套奇怪的司法制度，他遵循这套制度压迫百姓，挑起仇恨，却让罪大恶极者逃脱惩罚。人们通过他的所作所为看穿了他是一个不折不扣的恶棍、暴君，也明白了除了起来造反别无他路可走。于是他们揭竿而起，绑架并囚禁了格兰凯恩，后来又异想天开地选了一个疯子去审判他。然而这正中格兰凯恩的下怀，他哈哈大笑，接受了疯子做他的法官，经过漫长的审判之后被杀死。看完这个故事后就会明白中央政府的意图。原来中央政府所要建立的秩序，是那种要以暴力作为推动的秩序。格兰凯恩的使命根本不是要平息动乱，而是要用自己的倒行逆施来教育人们，激发他们的反抗，造成更大的、倾向明确的暴力，直至达到疯狂，也就是让他们难以置信地做到他们谁都认为是不可能做到的事情。人们在格兰凯恩的启蒙之下解放了想象力，让体内的欲望肆无忌惮地发起了冲击，格兰凯恩的愿望实现了，所以他哈哈大笑，然后毫无畏惧地做牺牲给大家看。最后暴力受到最高的推崇，解除了束缚的人们聚集在一起狂欢。

　　门槛旁的那位老人是历史的见证者，只有他看破了整个事件的机关。蜷缩在天堂与地狱之间的门槛旁的他"是故事的重要部分。漫长的岁月磨掉了他的棱角，使他抽缩了许多，有如流水冲刷的石头或者经过几代人锤炼的谚语格言……在沉沉暮色中只见黧黑的脸和雪白的胡子"。[1] 他把这个事件用简明的语言叙述了出来，他说疯子的判决是"神的睿智通过他的嘴来表达，让人的狂妄自大感到羞愧"[2]。最后他还强调："判罪的是人，绝不是神。"[3] 这样的老人自己已经近乎神，但他又依然还是人们中的一分子。人的暴力是盲目的，有这样的老人在他们当中是人的幸运，就因为这，格兰凯恩才能顺利地实施他的计划，将中央政府的意志贯彻下来。那是隐藏在云雾背后的秘密意志，领略了这种意志的人们也自发地认为天机不可泄露，所以寻找者在开始时一头雾水。幸亏他遇见了老人，或者说他注定会遇见老人，凡寻找者最终都会到达那道门槛，而睿智的老人总是会待在那里等他。

注：

（1）《博尔赫斯文集·小说卷》，海南国际新闻出版中心1996年版，第321页。
（2）同上，第323页。
（3）同上，第324页。

（三十三）

　　《阿莱夫》这篇故事的调子十分伤感。主人公"我"失去了美丽的情人贝亚特丽丝，她临终前消除不了的痛苦留在了我的心上，使我无法排遣。我不断往她家中跑，其实只是为了一次次刷新这痛苦，但一切都是隔膜的，我永远失去了贝亚特丽丝，我也不可能将痛苦在我心中固定下来，因为它会被时间所消磨。就是在这种情况下，我同贝亚特丽丝的表哥达内里熟悉起来。

　　作者对达内里的描述充满了幽默和反讽，但还是不难看出他究竟要表达的是什么。达内里是一个内心充满了矛盾的狂热的人，他有一个最大的妄想，就是要将文学的功能提到无限的高度，并在自己狂放的诗歌里超越语言本身，达到极限。而从表面看，他浅薄造作，有点自恋，作品有拼凑之嫌，说话也自相矛盾。一开始我就和达内里不相通，我们各自的思绪南辕北辙。达内里在谈论永恒，我却认为他在玩弄辞藻；他在自己诗中的想象空间里飞翔，我却认为他的诗空洞苍白；他雄心勃勃地要表现整个地球，我却发现他有精神病。达内里的行为也是前后矛盾。比如他刚刚抨击了作品的前言癖，接下去马上又希望一位有声望的学者为他即将出版的长诗写前言，还逼着我去替他做说客，同时又担心自己的创作得不到很好的理解，于是对我反复强调他的作品将要有十全十美的形式和严格的科学内容，"因为在那个优美比喻和形象的花园里最小的细节都严格符合真实"。[1] 他用他那使我深为厌恶的行为麻烦了我之后，自己却又将这件事忘了个一干二净，再也不提起。达内里的这种反复无常正是艺术家对待自己作品的特征。住在世俗中的艺术家，不论他是多么的为矛盾所困扰，他终究有自己的正事要干。不久之后达内里的事业就暴露在我面前了，这件事是达内里给我的真正的馈赠，由于我的长期不变的痛苦，也许还由于我对贝亚特丽丝的忠诚。这位奇怪的表哥为我无望的精神提供了意想不到的出路。

达内里经营的事业就是阿莱夫，黑洞洞的地下室里那闪亮的小圆球。阿莱夫是什么呢？它是一切幻想的发源地，又是包罗宇宙的奇迹。从它里面可以延伸出无限的时间，人在身临其境的同时自己也成为了无限。阿莱夫，难以理解的阿莱夫，它是一切，又是每一个，它玲珑剔透，又残忍无比，它在我面前打开了一个新世界，我看见了美中的丑，生命中的死亡。我，这个从狭窄的世界里走出来的头脑狭窄的人，我哭了，为人的悲哀，也为人的幸运。是的，我和贝亚特丽丝相遇了，那种相遇却是我承受不了的——因为美的真相是死亡。一走出阿莱夫，大千世界便如山一样压过来（"它饶不了任何人！"），我请求达内里离开世俗，皈依到乡村的宁静中去；一走出阿莱夫，生活就变得不可能了，我在每个人的脸上看到了死亡的印记——那是我在阿莱夫里见过的脸。幸运的是我拥有遗忘的武器。

因为有阿莱夫，达内里终于完成了他的长诗，并获得了成功。乡村的宁静与这成功无关，因为阿莱夫不属于宁静，它只能是喧闹的城市中地下室里的黑暗处那烦人的存在。达内里就是在同阿莱夫一道与外面世界抗争的过程中，写下了那些永恒的、不为我所理解的诗篇。

阿莱夫使我战胜了旧的悲哀，找到了精神的出路，但阿莱夫的认识论将我带进更深的悲哀，所谓的精神出路原来是炼狱。我终于懂得了阿莱夫。阿莱夫的无处不在，正如同宇宙的无处不在，把耳朵贴在石柱上，就能听到宇宙繁忙的声响，而阿莱夫，它是宇宙的镜子。每一个人，只要他去看，就能看见阿莱夫。只可惜人的生命和记忆都是短暂的，要不断看见阿莱夫，就只能不断刷新记忆，制造创伤。然而即使这样，我也还是在歪曲和遗忘贝亚特丽丝的面貌，因为终极之美是达不到的，它只存在于瞬息即逝的片断里。哪怕如达内里这样的艺术家，也只有生命的某一时期受到阿莱夫的纠缠。但是渴望与痛苦，就是阿莱夫要求于人的，阿莱夫就是为了这而待在地下室里的。

（三十四）

　　《宵小》（也许该译成"卑劣者"？）是一个十分暧昧的故事，它通过犹太人菲施拜恩同草莽英雄费拉里之间那种神秘的、不可理解的友谊关系，向读者暗示了一个吓人的真理，即：人同自己想要成为的人之间的距离如同天壤；人若想当英雄，首先要去当奸细；到达天堂的路是一条岔路，人必须从那岔口转向地狱。

　　主人公菲施拜恩是一个普通的凡人，他身上具有很多人都有的、去不掉的弱点：胆小、懦弱、缺乏尊严感。只是在他内心的最深处，有种莫名的渴望。地方恶棍费拉里以他的仪表堂堂，他的强悍、霸道和威严成了菲施拜恩暗中崇拜的英雄。一方面，他把费拉里当作人生的楷模，朝思暮想，渴望达到费的意境；另一方面，他又知道自己今生绝不可能像费那样生活，因为他生为一只老鼠，怎么能变成虎呢？老鼠的确变不成虎，但老鼠可以梦想虎的境界，这是谁也无法禁止的。并且这个费拉里的身上，真有几分神的意志，他不光自然而然地吸引着菲施拜恩，他还时刻惦记着他们之间的友谊，不管干什么总忘不了叫上他，让他同他平起平坐，打消他出于自卑的反抗。费拉里，这个恶棍和英雄，这个菲施拜恩命中注定摆不脱的领路人，他到底在向他暗示什么呢？为什么他要强迫他同他继续这种友谊，从而将菲施拜恩彻底卷进他的生活呢？这个怪人，到底对菲施拜恩这个小人物有种什么样的兴趣呢？

▶ **友谊是件神秘的事，不次于爱情或者混乱纷**

纭的生活的任何一方面。[1]

　　菲施拜恩深思他和费拉里之间的古怪关系，终于明白了费的意图，这种认识又正好同他心底那种不灭的欲望契合。原来菲这个胆小鬼的心底同样有那种冒险的冲动，他同样急匆匆地想进入终极体验的意境——费拉里的体验，一点都不比费差，这正是他为什么崇拜费的原因。而费，也在暗中怂恿他照自己的独特方式实现他的追求。菲施拜恩的方式是什么样的方式呢？这一点是由他的生活所规定了的，那只能是奸细的方式。以他的体格和长期养成的性情，他只适合干这种事，绝对当不了英雄。并且当奸细是唯一可以使他体验到那种危险的、同死亡短兵相接的场面的激动的通道，否则他就只好替强盗们望一望风，永远进入不了冲突的中心。当奸细这一着是菲施拜恩在长期的绝望和屈辱中萌生的英雄主义的念头，他要引火烧身，以这种奇特扭曲的方式将内心的激情发挥出来，也许他最为渴望的便是费拉里亲手将匕首插在他的胸口上。那将是何等辉煌的瞬间啊！费不是说过"我知道你是个男子汉"吗？原来老谋深算的费拉里从第一天起就看穿了这个紧张腼腆的年轻人的本性，随后又挑逗他，要他顺从自己的本性去建立业绩。然而结局却是出乎意料的悲剧，也许悲剧是生活的本质。不想做英雄的费又一次成了英雄，梦想成为英雄的菲却不过做了一回真正的奸细。这种安排是菲的命运。对他来说，梦想是他唯一的生活。这又有什么区别呢？激情不是已经发挥出来了吗？也许形式上很丑陋、很猥琐，但毕竟是和费拉里同样强烈的激情啊！

　　菲施拜恩的形象是人的形象。被可怕的现实钳制着的人，早已变得如此的阴暗、扭曲，没有了脊梁骨，面目可憎。但变了形的人仍然是人，心中那顽强的欲念并未消失。为追求理想，重新塑造自我，他走上了一条非常曲折的岔路。似乎是无意，又似乎是精心策划，他完成了那种胆大包天的计划。他没有成功，因为重要的并不是结果。高不可攀的英雄、完美的典范费拉里，终究在主人公的幻想中同他合二而一了。这就是他那阴暗的内心真正想要的、没人能理解的东西。主人公讲述这个故事时并不内疚（人不应该为自己的追求而内疚），他只不过是认为人的这种处境是种不幸而已。反过来看，就连不幸也是种幸运啊，因为菲施拜恩内心那种奇怪的火花肯定比费拉里的更为炽烈和耀眼，而且令人终生难忘。

注：

（1）《博尔赫斯文集·小说卷》，海南国际新闻出版中心1996年版，第352页。

（三十五）

现实中的艺术家都是生活在《罗森多·胡亚雷斯》这篇小说所描述的处境中。

天生热血的主人公在一次冲突中轻率地杀了人，自己也差点被杀死。个人的这种性情是成为一名艺术家的前提，然后就轮到他来思考了。他被关在牢里，他被迫做出选择，他于半糊涂半清醒中选择了帕雷德斯给他规定的生活方式，也就是艺术的生活方式。从此他便成了另一个人。他仍然热血和放荡，但再也不能像从前那样在蒙昧中将生死置之度外。和死亡晤过面的他现在过的是一种具有高度责任和义务感的生活，即，无论他怎样胡作非为，他始终要效忠上级，违背上级的命令就意味着死；上级的命令高于一切，也高于他自己的生命；从前出自内心的自发的尊严感要让位于义务和制度。罗森多·胡亚雷斯深深地懂得了当初在生死之间做出的重大抉择的意义。

▶ 一切进展得很顺利，上帝知道该怎么办。加尔门迪亚的死，起初曾给我带来麻烦，而今却为我开辟了一条出路。当然政府把我捏在手心里，如果我不给党工作，他们就会把我抓进去，不过我已经鼓起了勇气，充满了信心。[1]

脱胎换骨的罗森多·胡亚雷斯的生活变成了一种矛盾的折磨。他渴望生活，但又不能生活；他不缺乏死的勇气，但又不能死，因为他必须遵守制度。于是用常人的眼睛来看，他过的是一种胆小鬼、孱头的生活，一种让人鄙视的生活。罗森多·胡亚雷斯自己，也常为自己的生活感到惭愧，但他再也不能像从前那样懵懂痛快地活了，他对从前种斗鸡似的活法也感到恶心。终于最严峻的考验来到了。一个和他同样热血的陌生人向他挑战，罗森多·胡亚雷斯从他身上认出了自己，他又一次感到刻骨的羞愧，出于本能他出去应战，他一点都不害怕。对方拼命地羞辱他，他却遵循帕雷德斯给他规定的方式，承认自己是胆小鬼，然后扔掉刀子，从容不迫地离开了。

帕雷德斯给罗森多·胡亚雷斯规定的生活方式便是艺术给艺术家规定的生活方式，充满了屈辱和惭愧的方式，对上级永远虔诚的方式，类似于卡夫卡笔下那头自觉地变成杂技演员的大猩猩。人一天不脱离这种生活，内心的折磨就一天不会平息，对生活的渴望就会如毒蛇般咬啮着他的心，而内心的虚空，总是会使得他处在深深的郁闷之中。所以罗森多·胡亚雷斯对他的命运安排者帕雷德斯作出这样幽默的评价：

▶ 那老头有他的一套；他喜欢撒谎，不过并非

为了骗人，而是寻人开心。[2]

注:

（1）《博尔赫斯文集·小说卷》，海南国际新闻出版中心 1996 年版，第 358 页。
（2）同上，第 355 页。

（三十六）

　　艺术创作是一件神奇的事。从喧闹的尘世挣脱出来，进入浓烈的原始氛围之中，手里拿着笔的、躁动的写作者随时准备着，他不知道会有什么奇迹出现。而此时，空气中的那股味越来越浓了，那是血的腥味，阴谋聚拢了……《遭遇》里面所描写的，就是这个创作的过程。故事里那些躺在陌生房间里的玻璃橱中的形状各异的匕首，那些凝聚着最狂放的欲望的刀尖，正是写作者灵魂深处有待启动的、浸透了古老记忆的原始之力。这些匕首全都是已被人使用过无数次的、久经考验的精华，它们不声不响地待在黑暗中，等待自身复活，施展雄姿。使用刀子的人全都沸腾着莫名的激情，要使这激情成形，他们会有一个情绪积累的过程。这些孤魂，他们在若明若暗的篝火之间，在烟雾缭绕、酒气醺醺的房间里游荡，然后就找到了自己的同类。刀手之间的相识似乎已有几千年，其实却是素不相识，或者说他们彼此熟悉，但他们自己不知道。血腥的旋风将他们席卷着，他们不能自已。明白的只有一件事：内在的激情要决堤而出。匕首一旦上手，千年的仇恨就在刀尖爆发，但刀手们并不知道匕首的仇恨，他们只是对手里的武器感到吃惊，他们完全失去了对它的控制，并为顺从它而改变了自己的性情，沦为了它的工具。刀手们很快醒悟过来：原来这就是他们想要的，他们魂牵梦萦地渴望的，他们焦虑不堪地寻求的！他们还想要更多，想要那最高的快感！

　　为激情所折磨的刀手（他们有的对这激情自觉，有的不自觉）全都属于那黑暗中的匕首家族，长久的寻找使他们变得阴沉和怪异，他们身上大都具有亡命之徒的气质，有朝一日匕首在握，真是什么疯狂的事都干得出来。决斗的时候往往有神秘的声音在一旁挑逗，这时人就不再是原来的人了，世俗的仇恨消失，人的情感被抽象，决斗的动作只是为了撩起对方更大的欲望，双方暗暗渴望的都是对方那美得令人颤抖的刀尖。那是何等壮丽的场面啊，嗜血的匕首让人渴望牺牲，如梦如痴，人走到了一生的顶峰，仇恨升华为牺牲的渴望。在铁血的风暴中，一方如愿以偿，幸福地进入永恒的梦境，另一方留下遗憾和后悔，因为他这一次失去了机会。而观看者"我"，永远对这种事有不知疲倦的兴趣。

初见之下，很少有人认得出那些英雄的匕首，几千年来它们总是静静地、无比寂寞地待在被人遗忘的角落，它们在等，永远在等。总有那么一个没有月光的漆黑的夜晚，一个发了狂的刀手会闯进它们的角落，顺手抄起它们中的一把或两把，那时就轮到它们大显神通了！刀手们用不着操练，一切全是无师自通，因为匕首内部凝聚着精湛的技艺，从远古时候继承下来的技艺，刀手只要跟随它走就可以了。岁月流逝，刀手们的肉体一批批腐烂，而那些匕首，阴暗的房间挡不住它们那夺目的、骄傲的华光，它们体内储存的能量丝毫不因时间而损耗，战斗展开时，它们的表演令人口呆目瞪！这样的魔术它们玩了又玩，从历史开始那天一直延续到今天，这也是它们如此冷峻和不动声色的原因。

（三十七）

《老夫人》这个故事很像是博尔赫斯这一类艺术家的自传。

促使人走上艺术之路的总是两个因素：一是早年激烈动荡的内心历程，二是对某种理想模式的向往。艺术的观念和理想诞生于精神的战火与流亡之中，一旦产生，便成为人终生的家园。高贵的老夫人从伟大的祖先那里继承了精神遗产，发展出自己的艺术生活方式，从此世俗的变故便对她失去了制约，她生活在幻想的家园里，自满自足，对世态炎凉浑然不觉。这种简单纯粹的生活使她能够获取真正属于自己的时间——那些仅用很少的词汇就可以表达的瞬间，那些斩断了过去也不通向未来的真正的"现在"。达到了这一步的人就如同头上罩着光环似的，终日沉浸在源源不断的幸福之中。在外人看来，他们乖张、不合时宜，他们对现实的否定态度出自莫名其妙的傲慢，也许是对他们的贫贱生活采取鸵鸟政策的结果。然而老夫人早就感觉不到世俗的骚扰了，她生活在自己写下的史诗中，一味地自言自语，充满了激情。她开口便是理想家园的词汇，其他的一概加以遗忘，因为没有什么"其他"了。她后来甚至到了听不懂世俗语言的程度。关于她的境界，故事里有这样的描绘：

▶ ……这十年的每一瞬间都可能是只有现在，
不再有过去，也不再有将来了。[1]

我们的现在用白天和黑夜计算，用撕下的成百页的日历计算，用某种愿望和事件来计算，而老夫人的现在，是我们每天早上清醒之前和晚上入梦之前所经历的时刻，也就是说，我们每天两次经历老夫人经历的时刻。这样的瞬间就是时间的本质，拥有它们的人的内心和永恒相通。

注：

（1）《博尔赫斯文集·小说卷》，海南国际新闻出版中心 1996 年版，第 379 页。

（三十八）

《瓜拉基尔》是关于迷宫启蒙的故事。

"我"是一名具有推理精神的学者，政府派我去破译一个拉美历史上的不解之谜，即：民族英雄圣马丁为什么要让位于博利瓦尔？我荣幸地接受了这项任务。但事情并非如此简单，因为出现了一个竞争者，他也想接手这项任务。而上面，要求我在动身之前同他谈谈。

齐茂曼博士是一位浑身透出神秘味道的学者，他有着颠沛流离的过去，他是一名在"二战"中饱受迫害的犹太人。似乎是，凡他所到之处都产生那种梦一般的氛围，让人感到这是一个生活在迷宫中的人物。他具有丝毫不弱于我的推理能力，但他却并不按我熟悉的方式推理。我在同他讨论历史时还发现，他同时还拥有另外一种我所缺乏的东西——下层民众的蓬勃朝气和强大的突围的本力。也许就因为拥有这种过人的能量与所向披靡的意志，他才能在自己周围建造起迷宫世界。通过讨论历史，齐茂曼用他杰出的思想一步步向我启蒙，我渐渐明白了一个道理：只有自身生活在迷宫中的人才有可能去破译历史上的不解之谜，因为谜和谜之间是相通的，有力量突破自身生存之谜的人便会进入陌生的迷宫。而我，显然不是这样的人，我的思维太清晰、太浅显了。齐茂曼的推理不是如同常人那样来自于理性的思索，那种推理是在更为深邃的处所进行，它所遵循的逻辑是艺术的逻辑，它的方法论则只受制于人的冲动，人的不可逆转的意志。在齐茂曼眼中，历史不存在于教科书上，而是融入了人的血液之中，要探索历史，人首先要探索自身，"悉心倾听潜藏的血脉之声"，倾听内部深渊传来的响动。这种"历史"，就是语言在它面前也会变得苍白无力，因为它是用"心"来体会的，是一个真正的迷宫。于是能否破译历史之谜的所有条件都集中在一点之上：你是否具有那种在迷宫中突围的力？就这样，我在齐茂曼博士面前退缩了，因为我显然不是最佳人选，我应该先解决自己的问题。比如说，我总是依据某种外在的标志去辨别迷宫的指向，我没有齐茂曼博士那种被人追击的、亡命之徒的紧迫感，也没有他那种深刻的自我剖析的习惯。一个不知谜为何物的人又怎能去破译历史之谜呢？齐茂曼博士以他无比的勇气，他的敏锐独到的眼光，他的创造历史的充足底气对我完成了迷宫的启蒙教育，一切都明朗起来：圣马丁与博利瓦尔之间的谜就是我和齐茂曼之间的谜，也就是无所不包的生存之谜、艺术之谜。我终于被齐茂曼博士带进了迷宫，也找到了那个历史之谜的答案，那答案就在我的血液里，我的心灵中，而不是在外国的某个地方。从今以后，我将不依据文字和史料，而依据自己的心、自己的欲望去突围，去创造奇迹。

这一场悄悄的心理仗在我的内心掀起的是万丈波澜，我看见了无处不在的、立体的迷宫，它正在向我内部蔓延，很快就占据了全部的空间，沉睡的潜力被一一唤醒，推理让位于扫荡一切的、雄强的冲力。我不再被动地记录历史了，也不想去国外领取不可靠的史料了，我要自己来书写历史，用我的心、我的血。那将是属于我，仅仅属于我的历史，是朝着同我过去的研究方向相反的方向开拓的、通向真理的书写。

（三十九）

　　《马可福音》是宗教故事的改写，说的是人如何自己拯救自己的过程。

　　医科学生埃斯比诺萨是一名自我意识很强的自由主义思想者。他并不相信宗教，但他内心的人道主义思想同宗教十分吻合。一次神秘的遭遇使他走向了自救的道路。在虚伪的世俗中度过了许多个年头的他，在一个偶然机遇中得以进入一个原始的乡村。他到达之后又下起了大雨，大水将周围的田野全部淹没了，他所在的庄园成了一个孤岛，同外面的文明社会完全隔绝了。庄园里同他做伴的是总管一家三口人，他们的纯朴和原始令他惊讶，他们既没有清晰的记忆，也没有掌握多少语言。埃斯比诺萨在同他们相处的过程中内心在悄悄地发生变化，他觉得一切都像梦，他正在走进自己的深层记忆，周围的事物都很新奇，但又似曾相识。而将他所置身的这个原始小社会同他熟悉的外面那个文明社会相对照，就像有天壤之别似的。受潜意识的驱使，不信宗教的他决定对总管一家进行宗教启蒙，他要给他们读《马可福音》，他要让他们意识到罪的存在。实际上他这样做的时候也是在对自己进行启蒙，他做到了在世俗社会中不可能做到的事：在这个不存在罪孽的干净蒙昧的岛屿上，埃斯比诺萨一下子就领悟了福音的核心——一条迷航的船在海里寻找向往的岛屿；一个神在各各他给钉上十字架。他的听众血液里残留着宗教的狂热，以及对大自然的迷信，他们贪婪地、虔诚地汲取着埃斯比诺萨提供给他们的精神营养，在短短的时间里就完成了由野蛮迈向文明的精神历程，并理所当然地将学到的东西付诸实施。他们实践的对象就是埃斯比诺萨本人，因为于不知不觉中，他已经成了耶稣基督，现在一切都要来真的了。这才是真正的信仰，在这种地方，"虔诚"、"罪"、"牺牲"等这些词语有了同世俗完全不同的体验，那么纯，那么美。这些野蛮人还不懂什么叫虚伪，他们用自己的血和生命来实践着宗教的信条，埃斯比诺萨觉得自己反倒成了他们教育的对象，他第一次产生了宗教的情怀。他同管家女儿的一次私通又使这种情怀更加强烈。在那次事件中他更清晰地看到了自己的罪，他深深地内疚，而这罪又在心底呼唤着牺牲。似乎是，所有的条件都成熟了，两种启蒙在同一时刻得到最后完成。埃斯比诺萨明白了自己只有通过牺牲来拯救自己，总管一家人也盼望通过埃斯比诺萨的牺牲来拯救他们的灵魂。十字架终于钉好了，管家的女儿真诚地哭着，为了爱，也为了罪。他们一家人同埃斯比诺萨一道演出了耶稣蒙难的那一幕。

这个故事其实是发生在人深层记忆里的真实故事，人每天都在演着这种戏，只是自己不知道而已。只有在那原始、裸露、混沌、消除了界限的处所，真的拯救才成为可能。被层层伪装掩盖着的人，是不可能有力量去做牺牲的。然而还是可以梦想那种美丽的"好的故事"，那属于一切盼望得救的人的故事。当然所谓的"牺牲"仍然只是艺术家的戏，真实的戏。

（四十）

　　《布洛迪的报告》是来自艺术之乡的一份报告，里面生动形象地阐述了艺术的观念。

　　这样的情况时常发生。我们站在一幅美丽的画作面前，被深深地打动，与此同时，我们会感到诧异：画中涌动的扫荡一切的原始之力从何而来？艺术品的创造者究竟是生活在何样的同我们这个苍白、伪造的世界并存的世界之中？他是通过怎样的渠道同文明社会沟通的？《布洛迪的报告》带我们去那艺术家的故乡进行了一次巡游。

　　牙呼人并不是原始民族，他们身上具有很多原始的特征，但这个种族却有过文明。这是一个从文明自愿向野蛮退化的种族，实际上，他们的这种退化正是一种主动的突进，向一种陌生的更高层次的精神领域的突进。这种突进需要返璞归真，抛弃文明社会里的很多东西，包括语言，直至到达文明的源头，将人类文明社会体验过的一切都重新来一次体验。对于这些天生的创造者来说，没有现成的事物，所有存在的，都是那些沐浴在神的光辉之中、已被他们无声或有声地命名的事物。而他们的神，就住在他们自己的精神领域里。牙呼人的精神领域是排除世俗的肉欲的，他们在吃饭时闭上眼睛或躲起来，为自己的欲望感到深深的内疚，他们的性交充满了神圣的激情和美，却与肉欲的满足和生殖无关。然而这些具有无比清洁的精神的人们同时又具有最旺盛最下贱的生命力，他们像毒蛇和蚂蚁一样群居在充满污秽的沼泽地里（附近就有绿树成荫、泉水清澈的辽阔草原山地），终日被赤道的阳光曝晒，对吃腐败的食物和死人的尸体有特殊的嗜好（令人想起鲁迅先生所说的"抉心自食")。就是这些腐败的食物通过他们体内特异的消化系统转化成了强悍的力量。牙呼人的语言从文明的语言倒退，发展成身体和心灵的语言，形成一种逆向体验的奇观。他们那些充满了抽象思维的简单词语，直接来自于心灵的感应，词语内的丰富辩证的含意并不是刻意为之，只不过是深邃的境界的流露。没有比牙呼人的观念更为纯净的了，这些丧失了关于"过去"的记忆，仅仅死死地执着于"现在"的创造的人们，只懂得四个数字，他们甚至把复杂的商品交换过程都简单化，他们不喜欢世俗的复杂，对世俗的欢乐和痛苦无动于衷，终日生活在抽象单纯的境界里。他们的理性思维也超出常人，这种思维目标明确地将他们推向人性中最极端的体验。他们最敬畏的是魔力，他们相信魔力高于一切，魔法师可以将人变成蚂蚁或乌龟。他们执着于当下，排除过去的特性又使他们获得了一种不可思议的预见力，几乎没有他们不能预见的事物，他们预见未来就如同我们回忆过去一样自如，这种"反其道而行之"的艺术神力对牙呼人来说是家常便饭。没有比牙呼人更坦率地看待牺牲的了，所有的人都认为牺牲是最高的美德，梦寐以求的境界。国王一生下来，就砍掉他的四肢，割掉他的生殖器，烧瞎他的双眼，让他坐在山洞里专心发挥他的智慧。一旦发生战争，魔法师就把残废的国王扛在肩上，冲向战斗最激烈的地方，让他被野人用石块砸死。这个崇尚精神的民族还有着艺术的传统，他们那些晦涩难懂的诗歌是产生于神灵的启发，诗人一旦将那些简单的字句说出来，他自己就变成了神，于是他在社会中不再有立足之地，必须逃到北方的流沙地去继续他的艺术，从此以后他的义务就是牺牲。用自己的欲望触犯了信条的人会落得被乱石砸死的命运，执行刑罚时，所有的人都把牺牲看作享受，而罪犯自己绝不反抗。实际上，罪犯向往这种结局，肉体越受苦，灵魂越解放。

　　牙呼人的社会将不相容的矛盾用人所难以想象的方式统一起来，

发展出最合乎人性的观念。他们开辟的那种高尚的领域,从古至今同我们的文明世界并存,或者说,那便是我们一代一代的文明结出的理想果实。它是一个乌托邦,它又实实在在地净化着我们,激发着我们,使我们不至于完全在毒素的污染中干瘪或溃烂。只要世上还有牙呼人,这个世界就不是无可救药的。

（四十一）

▶ 当我沉默着的时候，我觉得充实；我将开口，
同时感到空虚。

▶ 我不过一个影，要别你而沉没在黑暗里了。然
而黑暗又会吞并我，然而光明又会使我消失。

鲁迅《野草》

我——潜意识深层的自我，在浮出地表的过程中始终被虚无感所折磨。
他——日常体验层面上的自我，在闯入黑暗深处的奇迹中充满期盼，
想知道结果。

《另一个》里面抒发的那种复杂情绪是博尔赫斯在创造作品时的
真实写照。两个博尔赫斯是两股相对突围的力，他们在中间地带奇
迹般地汇合，共同营造了艺术的境界。从中我们可以感到那种微妙
的双向沟通，也就是感到日常体验如何转化成艺术幻境，"无"又是
如何转化为"有"。所有的体验都是双重的、矛盾的，又是同一瞬间
发生的。

故事一开始，"我"被命运从沉睡中唤醒，于恐惧中看见了"他"。
他是我在目前的清醒状态中要排除的人，因为这个活生生的、世俗的
人，这个闯进来的、身上载有历史的人会告诉我，我只是他的梦中出

现的人，他是通过做梦得以闯到这里来的。这也等于告诉我，我只是一个影，这是最令我恐怖的宣告。但他又是我排斥不了的，因为他是铁的存在——我的过去，于是一场排斥与反排斥的心理战拉开。此处令人想起人在创作中要排除日常体验的企图之根源。因为未经升华的日常体验在纯艺术中的出现等于宣告了艺术的不真实。当然一切艺术的来源终究又是世俗的体验，排斥与依存是同时的，作品就在这过程中诞生。接下去我举出很多自己从前生活的例子（那也就是他的生活），想以此来证实自己不是一个影子。但他的一句话就把我弄得很沮丧，他认为自己此刻是梦见了我，人在梦中总是相互确信自己是了解对方的，所以我举的那些例子不过说明了一切均是一场梦，并不能证实我是一个有血有肉的实体。他在此处道出了艺术的虚幻本质，那便是我的本质，我无从反驳他。但我不能放弃自己的坚持，我明知自己此刻清醒，却假设自己也在做梦，我要求他承认这个梦，我想如果他承认了的话，我就有了立足之地，我内心焦急，不愿被悬在半空。他并不关心承不承认这个梦，或者对他来说，人在梦中无法"承认"梦。他关心的是这场梦的结果，他希望通过做梦达到一个非凡的高度，将日常体验提升，从而最后弄清梦幻将把他和我带到哪里去。我知道，我只有在此刻的清醒状态中，也就是从深层的黑暗中浮出来了之后，才会感到那种虚幻感的折磨——因为我看见了面前的自我（他）。矛盾是无法解决的：他只有通过做梦，抛弃世俗日常，才能看见我，我在这遭遇中却永远别想用世俗来证实自己。我这个影子痛苦地扭动，将他的未来预告给他，但他对自己的未来也不感兴趣，那是他做梦时必然会知道的事，只除了一件事。此刻他所有的感觉都集中在奇迹本身上头，他嗅出了凶兆，一副可怜相（也许周围的暧昧氛围令他不安，也许他模糊预感到了自己未来的终点）。接着我向他提到大文豪陀思妥耶夫斯基，他激动地赞美了几句之后，却又变得淡然了，大概因为他在梦中，情感的记忆就消失了，他要达到从未有过的

（而不是已有的）体验。在那种体验中，他推崇一种抽象的情感，他要赞美所有的人，不论善恶，他急于将自己的情感升华。我的体验同他相反，我关心的是具体的人，如果我把我的情感寄托在某个具体的人（例如面前这个儿子一般的亲人）身上，赞美就不会被抽空，并且不显得虚假。看来我和他是无法相通了。然而反过来想，我同他在此时此地的遭遇不正是一种沟通吗？我们的谈话直接在艺术本质的层面上进行，双方的各执己见正好是本质的矛盾所致。我们在不可重复的奇迹中领略着历史，内心越来越单纯。我把"未来"灌输给他，让他摆脱尘世，感受一回幻境的纯净；他把"现在"的质感带给我，让我在虚幻中"存在"一回。渐渐地，我和他都明白了，这正是艺术创造的奇迹，不能理解的奇迹。奇迹没有记忆，每一次的产生都得从头开始。梦终究要做完，他会回到世俗中去，我会重新沉入地底。我还要做努力，我向他朗诵了雨果的永恒的诗句，他感动了，沟通似乎达到，我们在永恒的瞬间里完成了双重的排斥——他的世俗记忆和我的虚无感。可惜这样的瞬间马上就消失了，接下去讨论惠特曼的诗歌时，我们之间又出现不可调和的分歧。他作为一个做梦者，强调惠特曼的体验的真实性；我作为一个清醒者，强调诗歌激情中的虚幻性。也就是对梦中人来说，诗是真实的，对醒着的人来说，诗是虚幻的。我和他都感到了我们之间隔着的半个世纪的时间。我仍然焦虑和恐惧，但一切都清楚了：这种相遇是命中注定的，他的闯入就是我的浮出，我们两个才能合成那完整的一个，他通过梦见我而实现他的本质的存在，我通过看见他而成为具体的人，否则他只是没有灵魂的躯壳，我只是没有实体的影。理性上认识到这一切并不等于证实的欲望就消失了，我仍然要证实，这欲望比以前更强了。如同柯尔律治从梦中得到鲜花一样，我也想从我的半梦半醒的奇迹里得到些什么，留下来。我想同他交换货币，我给了他一张钞票，这时他看到了钞票上不可能有的日期，但他却不给我硬币，因为他讨厌我的证实的企图。最后我终于告诉了他那件事，那就是如果他把梦做下去，做到底的话会有什么结果，我用的是暗示的方法。我说有人要来接我走，我暗示的那人当然是死神，这也是他的未来的终点。接着我又安慰他说，他会慢慢死，这个过程如同他今后要慢慢变瞎一样，并不可怕。我们分手了。他走了以后，我一直在思索奇迹的含义。奇迹是真实的，它要由两人来完成，一人在梦中，一人清醒。梦中的人可以忘记，梦醒后照样融入世俗，清醒的人却只能沉入黑暗的底层，永远被奇迹的回忆所折磨，因为奇迹带给他的是无止境的虚无感的痛苦。

读完这篇充满了浓密的想象的故事，不由得感到，创作本身是一种何等复杂的过程，这过程所遵循的又是一种多么清晰透明的悖论，人是怎样获得如此巨大的精神张力的这件事的确是个谜。追求实现自己本质的艺术家，注定要承担虚幻的折磨到最后。而他的作品，在排斥世俗评价的同时向一切敢于面对死亡的自审者敞开，不论他是高贵还是低贱，是善良还是有点邪恶。

（四十二）

《乌尔里卡》这个幻想小故事是一首关于艺术本质的抒情诗。

乌尔里卡由于自身的虚幻缥缈，对于追逐者"我"来说，自始至终呈现为一种渴望，一种缺少而不是满足。什么是美？美就是我对乌尔里卡所感到的那种焦急，那种要填补内在空虚、渴望回应的强烈冲动。冲动越强烈，对象唤起的美感越大。人同作品（乌尔里卡）的遭遇产生了奇迹——地老天荒的爱情。这种特殊的爱情的实质是与性爱密切相关的渴望，但又绝对排除了性爱。那是人内心深处的一种抽象的渴望——莫以名状，纯净无比。

我同乌尔里卡遭遇的整个过程便是欣赏艺术的过程。乌尔里卡以她独特高贵的气质和美丽的容貌吸引了我，我陷入情网不能自拔。在郊外散步中，热情高涨的我想要吻她，但被她拒绝，她说：

▶ 到了雷神门的客栈我就随你摆布。现在我请
　求你别碰我。还是这样的好。

雷神门是什么地方？那是一个梦幻之乡。在艺术欣赏中，一切直接的肉欲都受到排斥，只有进入了雷神门的意境，人才可以尽兴发挥，让渴望（或缺少）更加强烈。所以当我问乌尔里卡是不是爱我时，我得不到答复。接着我惊奇地发现乌尔里卡可以预知未来，乌尔里卡说那是因为她是快死的人。此处也告诉读者最美的作品总是弥漫着死亡的气息，这种气息可以将人的渴望激发到最大限度。因为只有死是

渴望的终极。

雷神门的附近有凶险的狼嗥，旅馆幽暗的房间里充满了宗教的氛围，时间变成属于两人的永恒。同美的交媾完成了，这空前绝后的奇迹的结果当然不是肉体的满足，而是心的绵绵不尽的渴求。

（四十三）

一个农民的儿子，一个充满激情的理想主义者，来到布宜诺斯艾利斯，在那里闯入了世界的中心。这就是《代表大会》中的主角费里青年时代所经历的、后来决定了他一生的那场精神洗礼。

堂亚历山大的理念模式

代表大会里有一个决定所有人的命运的核心人物，这就是主席堂亚历山大。这个人有点像传奇中的人物，不可捉摸而又十分古典。他是一名庄园主，从父辈手中继承了庄园和精神的遗产——一百本书。他曾经想从政，以便在世俗中着手实现某种理想，但遭到了失败。悲愤之下他做出了狂妄无比的决定，要成立一个比政治有更大前景的世界代表大会——即建立一个属于全人类的精神王国。但精神是说不出口的，只能体验，这就决定了代表大会的活动也是一些奇奇怪怪的、只可意会不可言传的活动，如同主角费里体验的一样。野心家堂亚历山大魔幻般地让他心中的代表大会如期召开了，这件事也体现出精神的本质——追求则有，不追求则无。堂亚历山大通过神秘的直觉来选择代表，各种性格的代表组成了他那丰富的世界。他让他的代表们各尽所能地发挥自己，让他们获得各种永生难忘的经验，最后又带领他们一道达到最高的境界——心的归宿。这位精神的主宰有点近似于神，可他又是一个实实在在的人。代表大会使人不知不觉地置身于它当中，通过环境的暗示让人在模糊的潜意识支配之下去尽情体会，这个方面它是卡夫卡《城堡》的另一种版本，堂亚历山大则有点像克拉姆的化身。堂亚历山大正是那种理想至上的天才，他建立起的代表大会堪称精神典范：如此隐晦的制约机构，各种势不两立的冲突，统一两极的无限张力，不拘形式的不断演进。这一切远远超出了世俗中国民议会的运作，非天才不能担当如此的重任。世俗中的国民议会改变的是外部历史的进展，代表大会改变的则是心灵史的进程。堂亚历山大的领导方法也是别具一格的。他深知人的本性，也能预测这种本性会如何发展，而他的代表大会的宗旨就是解放人性，创造时间的奇迹。他只要坐在家中不动，世界就绕着他转，各种冲突就将矛盾推向高峰，而他的部下们的境界也随之一步步提高。他从不说空话，因为语言是脆弱的，决定发展方向的是行动，即欲望的冲动。他的大会调动了每一个人的行动，使每一个人沉溺于生命之体验（既有恶又有善），而在最后，又让大家殊途同归，进入永恒的"无"的飞升。堂亚历山大在漫长的精神生活中所获得的那种老谋深算的预见力，是统一代表们的黏合剂。不论人跳得多高，多么胆大妄为，始终都在他的预料之中，也在他的掌握之内，因为他这种寓言家的能力是同生命的律动紧紧相连的。

费里的历程

很快就要死去的费里讲述了他的经历，这样的话题只属于面对死亡的人。

多年以前，只身一人到布宜诺斯艾利斯来闯荡的青年费里第一次听说了代表大会的事。那是一种极其晦涩的表达，似乎所有的人都对大会的性质一无所知，但所有的人都肯定这个机构是存在的。费里的朋友伊拉拉带他去参加了会议，主席堂亚历山大仅仅因为费里的名字就认可了他（"费里"意味着铁器和刀，大概也意味着内心的冲突吧）。堂亚历山大高深莫测，沉默寡言，对每一位代表拥有奇怪的控制力。整个会议的氛围暧昧不明，弥漫着虚幻，用现实主义创作手法无法描绘这种虚幻，因为大会一开始崭露的就是本质的东西，而理解本质的东西则需要很长的时间，需要人用不懈的、创造性的努力去发现，也就是运用非理性的蛮力闯入陌生之地。尽管费里对代表大会的感受无法理清，但他已有了模糊的预感：他进入了世界的中心，这个中心将成为他今后的一切。所有的代表都怀着火一般炽热的激情，每个人都愿为这个虚幻的事业牺牲自己。当他们聚会的时候，一种抽象的意境抹去了个人身上那种世俗的区分，人人都真切地感到了普遍人性的存在，并产生出为这人性讴歌的冲动。有一天，主席的侄子费尔明向费里展示了人性之丑恶，他在歹徒面前的恶劣表现成为费里心中一个疑问：这样的劣等货色也有资格代表人类吗？答案是留到最后来解答的。接下去费里又目睹了另一代表特维尔的权术阴谋。特维尔似乎在利用、操纵主席堂亚历山大。他恶意地挥霍他的财富，出于个人的嗜好无限止地购买书籍，似乎要让主席破产。而堂亚历山大不动声色，答应他的每一项要求。费里感到特维尔不怀好意，他的举动犹如不断加大的圆圈的离心力，他担心圆圈要无限扩大，总有一天中心会无法控制。特维尔看起来就像取代了主席的职务似的。堂亚历山大能否控制特维尔呢？具有崇高境界的代表大会，为什么会容忍阴谋呢？这阴谋会不会毁掉事业的经济基础呢？这些问题的答案也留到了最后。也许堂亚历山大感到时机已经成熟，他决定邀请费里去参观他的故乡——巴西边境孤寂、荒凉、气候严酷的庄园。卡雷多庄园其实就是堂亚历山大那严厉的内心。所谓的庄园遗产原来只是一排简陋的砖房，砖房的特殊结构只是为了经得起时间和其他方面的严峻考验；烈日从早到晚烤炙着的原野上没栽一棵树；人们像野人一样吃生肉；庄园里没盖任何厕所；卧房难以想象地简陋。接着费里又参观了堂亚历山大的所谓建筑工程，那只不过是一个残缺不全的半圆形剧场。那些与众不同的、傲慢的工人们性格狂暴，却并不显得哀痛。费里目睹堂亚历山大冷静地镇压了一次雇工间的冲突。当时堂亚历山大一反往常的和气，表现得就像一名严厉的氏族首领。此处令读者想到，堂亚历山大镇压的正是他自己内心的冲突，他用铁一般的意志将这些冲突维持在一个统一体之内，以独特冷酷的方式发展着自身。费里在庄园里获得的是不断加深的孤独之感，他其实也是在体验堂亚历山大内心的孤独，以及他那超人的意志。从卡雷多庄园回来，堂亚历山大决定对费里进行第二次精神的洗礼。这一次，他将费里派到了充满生命狂欢的红色迷宫伦敦。年轻的费里在那里同美女贝雅特丽齐一见钟情，坠入爱河。贝雅特丽齐用身体的语言向费里启蒙，让他懂得了生命的虚幻本质，和不可避免的痛苦的承担。这一认识使他更加坚定了追求理想的信念。最后的关键时刻终于到来了，那是一个出人意料的转折，每一位代表的体验都在那个时刻达到了辉煌的顶点。堂亚历山大从黑暗的地窖的深处走出来，命令人们将特维尔所购买的满院子堆积如山的书籍以及地窖里的全部书籍统统烧掉。大火燃起来的时候，所有的人都愉快地挤在一起。在此刻的火光中，他们感到在堂亚历山大的带领下接近了真理，这种感觉令他们如此的幸福。是啊，真理并不在书本中，它就在每个人的心灵深处，现在他们每个人都成了真理的儿女，不论是花花公子费尔明，还是耍阴谋的特维尔，或是毫无原则的涅伦斯坦。每个人都经历了漫长的情感历程，现在都在这一大堆灰烬面前平等了，超脱了。堂亚历山大就如同出色的魔术师一样导演了这一切，他让大家在此刻获得了一种破除了一切形式的时间。费里还得知堂亚历山大已中止了故乡的建筑工程，那个举动同焚书的举动也是同一含义。这就是永恒的无比的纯净，这就是无止境的时间，代表大会的历程就是人从有走向无的历程。这并不意味着堂亚历山大鄙视世俗的生活，相反，正是由于他将生命看得高于一切，他才发起了这场探索生命意义的精神运动。经历了奇迹的人们从此将获得一种特殊的品质，导致一种双重的生活。代表大会的形式虽然消失了，但它已成为每个人心中的故乡和归宿，人在今后的生活中也许会多一份自省，少一份轻浮。也许什么都不多，什么都不少，唯一的区别只在于意识到，即意识到生命的本质。

（四十四）

　　《那里发生了更多的事情》这个故事讲述的也是艺术家的心路历程。叔叔的形象正是那倔头倔脑、胆大妄为的艺术工作者，他的好朋友姆伊尔则是虔诚的宗教信徒，叔叔灵魂的一部分。叔叔对姆伊尔的态度既无比忠诚又不乏背叛，既有亵渎又有皈依，类似于艺术家对宗教的态度。如文中所说，他们之间的争论是一盘下不完的象棋，每位棋手都需要对手的配合才能干下去。理清了二人之间的关系之后，叔叔故事的脉络也就清楚了。

　　叔叔是一位宇宙空间形式方面的专家，对于空间有着深刻独到的理解。他在老年为自己建造了一座与众不同的房子，房子的设计师是他的好朋友姆伊尔。这座死气沉沉的、简陋的房子既体现了姆伊尔的意志，也是叔叔自己的意愿。房子象征着对叔叔内心冲突的严厉镇压，一种铁腕的统治。可以想见，一个如同叔叔这样的热血之躯住在这种房子里会发生什么变化。他开始思考时间，那永远令人迷惘的、窒息着人的时间，他产生了突破眼前的桎梏，达到时间的永恒的冲动。但思考并不能使他突破，他必须行动，必须做出那种最荒诞无稽的事——抹杀自己存在的意义。于是过去的叔叔死了，到他再回来时，他成了奇怪的外乡人普利托琉斯。房子被拍卖，外乡人买下了它。为了向永恒突围，叔叔装扮的这个普利托琉斯决心改建房子，他要将房子建成荒诞无稽的式样，他的好朋友拒绝为他设计，但他通过其他途径达到了目的。他还扔掉了房里原有的家具和书籍，请来一个木匠，让他按自己创造性的想象制作了世界上最离奇的"家具"。于是房子和房子里的一切都抹去了世俗存在的意义，晦涩难懂又令人恐惧，它们是房主人那狂暴的内在冲突的产物，也是超脱的途径，从"无"里面生出的"有"。用俗人的眼光来看，它们完全是无用之物，因为它们的用途只属于心灵。普利托琉斯造下了这样一个迷宫后，自己也消失了，因为他的名字已经没有必要再存在于这个世上了，他成了牛头怪，或者说成了神灵。这个没有名字的人从此守着自己的迷宫，在无法想象的手术台上对自己进行了无法想象的解剖。有时候，在无人的黑夜，他也会去迷宫周围散散步……他的秘密只有同他内心相通的好朋友姆伊尔知道，那是一种永远的默契。有着奇思异想的叔叔，就这样用使自身完全消失的方式展示了时间的永恒，破译了人生最大的谜。反过来说，让自身完全消失不就是对自身的标榜吗？

叔叔为什么不满意姆伊尔为他设计的生活方式呢？这就要归结到艺术家的本性上头去了。在作者的笔下，艺术家都是一些半人半兽的牛头怪，魔鬼中的魔鬼，他们虽然心中也有宗教情怀，但宗教简单的信仰方式控制不了他们那奔放的本性，正如姆伊尔设计的房子控制不了叔叔一样。所以叔叔要将房子推倒重建，重建的房子仍然具有宗教的特征，但已在很大程度上超出了宗教的限制。姆伊尔从一开始就了解叔叔的性格，所以也可以说是他用压制的方式促成了叔叔的解放，这两个人都是同样深刻。故事通过"我"对叔叔精神轨迹的追寻，一步一步地揭示叔叔的内心，最后进入那种消除世俗意义，达到纯粹无意义的"意义"的永生阶段，一层层展示出艺术家那奇特的世界，同时也回答了以上问题。叔叔之所以不满姆伊尔为他设计的生活方式，是因为他不愿盲目地去信一个不了解的神灵，他要亲自体验神灵的意志。为达到这个目的，他自己扮演了神的角色，并在扮演的过程中不断地经历了永恒的时间，也就是从更深的层次上感悟了宗教的意境。

（四十五）

《乌恩德尔》讲的是诗人如何寻求到诗的真谛的故事。冰岛教士和诗人乌尔夫·希古达逊用他的亲身经历叙述了这个充满了诗情画意的过程。

乌尔诺王国是诗的王国。自从乌尔夫听说乌尔诺人的诗歌只有单独的一个词之后就开始了对这个王国的寻找。几经周折，他终于找到了这个王国——一个被用圆形围墙围起来的城市，两个广场的两根木柱上分别挂着象征生命和永恒的鱼和圆盘。尽管铁匠警告了乌尔夫说国王要杀外乡人，乌尔夫在无名的冲动支配下还是勇敢地拜见了国王。乌尔夫用世俗的语言写成的诗歌赞美了卧病在床的国王，他看见了国王枕头下露出的匕首的刀刃，但国王并没有立刻杀他，却给了他一枚戒指。接着在场的一个人弹着竖琴，感人地唱出了乌尔夫用世俗的语言绝对唱不出的那个"词"，在场的人都流下了眼泪，乌尔夫也被深深地打动了。那种千篇一律的旋律枯燥乏味，冗长得没完没了，但它诉说的是生命的意义，乌尔夫希望它永远持续下去。乌尔夫刚一走出王宫就碰见了另一位吟唱诗人，诗人告诉他他死期已到，因为他听见了那个"词"，那就意味着他要体验死。接着吟唱诗人向乌尔夫指出了一条面对死神追捕奋力求生的路——去寻找那个独一无二的词。乌尔夫躲过了国王的追杀，踏上了艰难的寻求之路。他历尽了生命的大欢喜、大仇恨、大悲哀，到处寻找那个几乎不存在的，就连上帝也代表不了它的"词"。最后他回到了乌尔诺人的家乡，找到那位吟唱诗人，诗人已经快死了。诗人让乌尔夫讲述他旅途的感受。当乌尔夫讲述完毕的时候，临终的吟唱诗人用沙哑微弱的声音唱出了"乌恩德尔"（意思是"奇迹"）这个词。乌尔夫所有的生命体验全部在这个词里面复活了。他充满激情地拿起竖琴，用一个不同的词唱了起来。乌尔夫诗歌里的那个词就是他历尽艰辛找到的词，那是真正的奇迹。

▶ 有一次，我决定不再去相信它，于是我便
　　反复地对自己说，应该继续玩弄堆砌优美辞
　　藻这种高雅的游戏，没有必要去寻找那个几
　　乎不存在的"词"，但我的这种努力却无济
　　于事。(1)

——乌尔夫

▶ 你在旅途中也多次吟唱那首颂歌吗？(2)

——吟唱诗人托克尔逊

▶ 开始时，为了谋生我唱过赞歌，但后来我感到
　　一种无以名状的恐惧，便扔掉竖琴不唱了。(3)

——乌尔夫

　　什么是诗歌的真谛？那就是在死亡意识中歌唱生命。最美的歌最朴素。

注：
（1）《博尔赫斯文集·小说卷》，海南国际新闻出版中心 1996 年版，第 475–476 页。
（2）同上，第 476 页。
（3）同上。

（四十六）

　　那些在世俗之中已无立足之地，而又不相信宗教意义上的天堂的人，必然会要长久地寻觅，寻觅者找到的归宿大都是在内心深处的一片天地。《一个厌世者的乌托邦》就是描绘这片天地里的风景的。很明显，这个地方是一个媒介之地，世俗的人们进进出出，将人间的信息带给主人，作为启动主人玄想的动力，而沉着的主人总是在原地等人，过着禁欲主义的简单生活。

　　故事一开始，描述者闯进了乌托邦的领地，领地给他的第一印象是弥漫着可怕的单纯的氛围的平原，单纯到近乎无，近乎死。接着他走进了敞着门的长方形矮房子，同主人会面。主人的桌子上摆着滴漏，不过这滴漏不是用来计世俗的时间的，它记下的是永恒的时间。主人说话的语言已经退化（返璞归真）成拉丁语，脸上的表情总是呈中性，他是一个真正的预言家，具备了与人间相反的另一套完整的价值观念，他的魅力让描述者着迷，也让描述者不知不觉地进入了他的思维方式。他告诉描述者乌托邦领地的人们力图斩断时间的记忆，在永恒的状态下生活；一切世俗的规定在此地都无效，都要被遗忘，包括人的名字，因为这里的人"像动物一样只顾眼前"（见《结局》），将虚构和推理作为唯一的生存方式。接着描述者打量了主人的手，他看出那是一双能够将朴素的字母深深地嵌进历史的手。这个属于未来的人已活了四个世纪，他用亲身的经历告诉描述者，人只能懂得他能够懂得的那些东西，而那些东西早就存在于人的灵魂里了，人只要冲破无聊的现实，扭转被无聊的现实主宰的感知，回到人原来的样子，就都可以达到乌托邦的境界。什么是人"原来的样子"呢？那是一个寓言，描述者此刻正同它相逢。描述者看见的主人就是那个寓言的化身。主人在乌托邦里面获得了完全的自由，他身上散发出宇宙的意识——彻底孤独而又自满自足；既可以主宰自己的生命，也可以主宰自己的死亡；其独特的语言系统已全部由引语构成，那是多少世纪不朽的沉淀物；其强烈的好奇心，早就由向外扩张转为向内突进，全部集中在生命意义的探讨上面；遗忘成了他斩断时间连续性的法宝，生活变成不断的创造，在创造时，他将世俗的现实转化成乌托邦的真实，并在转化中取消了那些庸俗的区分，进入高级的单纯与朴素之中。在晤面的最后，主人向描述者展示了他表达永生境界的方法——单纯得难以理解的绘画和几乎不出声的弹奏。这种妙不可言的艺术以无限深远的意境深入到人的内部那沉睡的、没有边际的疆土之上，人很难不为之震动。这就是乌托邦的艺术，用减法来实现的、媒介之地的独特表达，也是主人的生存之道。然而这之后还有更高级更激动人心的艺术体验，那就是身体的表达。描述者看见主人将家中的手稿、图画、家具等全部让人搬走，然后走进了阿道夫·希特勒为他安排的别出心裁的焚尸炉，去进行他最后一个作品的创造。那将是何等令人心醉的场面啊！

位于大雪纷飞的平原上的乌托邦，对于追求着的人来说一点都不陌生，那正是我们日日要去拜访的、将成为我们葬身之地的所在啊，我们的魂魄，不就是滞留在那长方形的矮房子里，时刻盼我们归来的主人吗？我们这些游子，在世俗中让灰尘塞满了脑袋，让煤烟堵塞了毛孔，可是只要置身于乌托邦，就会在那种空气的沐浴中变得神清气爽，而怕死怕得要命的我们，竟然可以坦然地面对焚尸炉，尽情地发挥我们的奇思异想！

（四十七）

　　《沙之书》单纯而神秘，它描绘的是灵魂与现实的真实关系。

　　描述者"我"和那奇怪的来访者可以看作博尔赫斯的一分为二。从记忆底层走出来的那位陌生人要让"我"领略他故乡那个大千世界的丰富和虚幻，为此他卖给我一本《沙之书》，这本书就是灵魂的真实模样。然而有谁能承受得了灵魂的直接矗露呢？成天面对着要消解自己固有的人生意义的图像，人是会要发疯的。人受不了那些图像，人又为那些图像所深深吸引，以致改变了以往的生活，将这件事当作了生存的意义。人就处在这种不可解的矛盾中。在矛盾的发展中，人的唯一的武器就是自欺，在自欺中来继续探索无边无际又无底的《沙之书》。

　　《沙之书》是一本什么样的书呢？首先，这本书的价值差不多与《圣经》等同。虽然它看起来很邪恶，似乎亵渎宗教，其实它的宗旨同《圣经》是相通的，即都是让人的灵魂得救。所以陌生人用《圣经》换来这本书，接着又要描述者"我"从他手中交换。《沙之书》有好几个世俗所难以理解的特点。其一是它像沙一样无始无终，以其时空的无限性排斥任何人为的确证的努力，也就是把认识变成了过程。它使人在这种无限性面前感到晕眩。其二是它的丰富性和不可重复性，这一点也使人要掌握它的企图化为泡影，它的图像层出不穷，它的变幻无休无止，无规律可循。其三是它以它那种异质的否定性同人已有的现实形成尖锐的对立，它咄咄逼人，让人落入无依无傍的虚空之中。既然《沙之书》是这样一本邪恶的书，人为什么要把对它的探索当作人生的意义呢？这仍然是由人自身的本性决定的。生命发展到高级阶段所产生的精神世界，永远是人追求的目标，无论这精神对于人的肉体是多么的排斥，肉体始终给它提供着不断生长的养料。无休无止的《沙之书》，实际上是通过描述者的梦得以生长的。人只要还能做梦，他心里的《沙之书》就会不断增长，充满生气，无穷的烦恼维系的是精神的生存。当然人可以忘记，可以将《沙之书》放到图书馆的地下室里，当他这样做的时候，《沙之书》已经在他梦中深深扎根了。所以人的自欺是有意识的自欺，为了更好地活下去，让《沙之书》在不知不觉中获得它需要的营养。像沙一样消散的奇书是人类永远做不完的梦。

（四十八）

体验永恒的时间就是体验一种最纯净的死。《阿韦利诺·阿雷东多》这个故事朴素地讲述了这种体验。经过深思熟虑之后给自己订下死期的阿雷东多为了达到自己所渴望的意境，在隐居之前按部就班地告别了尘世的所有情感纠葛，然后把自己幽禁了起来。他要做到让自己完全从世俗中超脱，进入那种什么事都不想的、纯而又纯的风景。死前的日子应该是最难熬的，阿雷东多却很平静，因为这是自觉追求的死法。他看书，但并不想看进去；他和人交谈，但无法深入；他一个人下棋，但从未下完一盘，也许因为缺了一粒棋子——代表死神的总统。起先他把时间分成小块来打发；后来又达到更为广阔的境界，让时间成为缓坡上徐徐流去的河水，他则在这种流逝的时间里海阔天空，任凭自己的想象驰骋；最后，他看见了院子里水池池底那孤独的蛤蟆，发现蛤蟆的时间才是真正的永恒的时间——一种从现实超拔的忘我状态。死期快到了，阿雷东多又走到了街上，他感到一切全变了样。从前曾引起他无比愤怒的、他耿耿于怀的那些事，现在已不能再激怒他。他无动于衷，如同幽灵，但他内心如明镜。那一天终于到来了，那是一个幸福的日子，也是一个解脱的日子。阿雷东多走到广场，举起手枪，镇定地扣下扳机，杀死了他最恨的仇人——总统。世俗的复仇和心灵深处渴望的体验在枪响中重叠了，阿雷东多满足了自己的心愿。阿雷东多的行为被作者赋予了艺术的光环，也许因为凡是高贵的事物总同艺术相联；所以这个故事的讲述其实是将世俗复仇转化为艺术体验的尝试。

（四十九）

《小圆盘》也是人类精神追求模式的精彩寓言。"我"是追求的主体，国王是来自精神王国的灵魂信息的使者。

我住在宇宙的无边无际的森林中，我曾为无法达到对世界的认识而深深苦恼过，一次特殊的遭遇改变了我的命运，从那以后我懂得了我可以努力去做一件事，用我的全部生命去做。我如今年纪已老，双目失明，我不畏惧死亡，小心谨慎地保存自己的精力去做那件事。

很久以前我同精神王国的国王相遇，这位倒霉的国王在传说的战争中失去了王位，流亡到人间，手里握着一个肉眼看不见的小圆盘。那是神奇的欧丁圆盘，它仅有一个面，就像永生给人的感觉一样，其神力可以抽空我以往存在的根基。我被这个异物深深地吸引住了。我，一个生活在世俗中的人，当然注定了只能以功利的眼光来看待这件异物（这也许就是国王所期待于我的），我内心立刻产生了罪恶的欲望，我要占有这件异物。我顺利地杀掉了国王，可惜的是国王临死前将小圆盘扔得不知去向了。从此以后我就开始寻找那个小圆盘，我找白了头发，找瞎了双眼，到今天还在找。那东西实在太有魅力了，人怎么忘得了呢？我在找的过程中不断想象小圆盘的形状和那种非人间的光芒，想象占有它的喜悦，而我的心，依然像年轻人一样富有活力。反思以前发生的那件事，我明白了，原来国王的出现就是为了带给我这种与众不同的生活方式，即以功利的情绪寻找一件虚幻的东西的方式。我不因我的功利、我的罪恶而后悔，那都是国王所料到了的，追求的过程所必需的。我的全部的精力都集中在那小圆盘上头，因为我是为它而活的啊！我也许还会杀人，用盲人的手摸索着举起斧头，在砍下去的瞬间想象那绮丽的光芒。

（五十）

  《贿赂》是一篇写得很隐晦的关于人的事业追求模式的故事。威特罗普和埃依纳尔松同为北方人（尤其埃依纳尔松，来自极为寒冷的冰岛），而且都出身于虔诚的宗教家庭，两人内心深处都具有那种刻板严厉的理想主义，属于那种为虚幻的东西鞠躬尽瘁的典型。这样性格的人在现实生活中必然是很困难的。奇怪的是这两个人在现实生活中遵循的似乎是同他们的理想背道而驰的原则，而且他们不约而同地相互欣赏对方身上那种浅薄的虚荣心，两人都以贿赂来激发对方，以此来使自己的虚荣心进一步得到发挥。作者笔下的性格矛盾令人费解。

  这个故事里涉及的是人的虚荣心在事业中的作用。凡追求者都有或大或小的虚荣心，人的欲望的表达无论多么曲折，归根结底都是出自虚荣（即表现自己）。在这个意义上，虚荣是生命力的形式，追求理想的根本动力。威特罗普和埃依纳尔松虽然都具有北方人那种深邃、严谨和公正，但他们俩的骨子里都是狂妄的海盗，沸腾的热血和野性使他们做出的选择不同凡响。在正人君子看来，他们的举动简直有些不择手段似的。也许有人会指责他们违背了崇高的理想，为了自己的虚荣心抛弃原则。但理想到底是什么呢？不就是人的冲动的结晶，人的虚荣所追求的目标吗？所以故事中那种理想与现实分离又统一，原则与手段对抗又相成的情形，就是精神的真实状况。决定精神发展的永远是那种海盗似的动力，是对自身现实的不满足（如威特罗普对洛克的不满足），对虚荣获取的向往，最后，是对抽象理念的不懈追求。威特罗普从性格火热的冰岛人身上认出了自己，他对他的选择是出于虚荣，也是为了共同的事业，二者不但不是不相容，反而浑然天成。反过来埃依纳尔松也是如此，他激怒威特罗普是为了参加学术会议（虚荣），也是为了一步步实现理想（理想要由学术档案构成）。他们俩都是那种"对事情往往看得过于认真"的人，或者说，他们深邃的内心早就懂得了理想与现实之间的关系，而且他们都精于处理这种关系的技巧。对于世俗现实，两人都是既沉醉于其内，又可以随时超脱。他们的生活态度不是悲观主义的，也不是盲目乐观的，而是一种冷静的、实际的态度，不乏激情而又脚踏实地。

▶ 亲爱的朋友，我们俩都清楚，这些会议是毫无意义的，只会白白浪费金钱，但（它们）可以丰富我们的学术档案。[1]

——埃依纳尔松

▶ 其实，我们之间并没有多大的差异，有一个共同的缺点将我们联系在一起，那就是虚荣心。您来看我是为了炫耀您那高明的计谋，而我推荐您则是为了表明我是个正直的人。[2]

——威特罗普

注：

(1)《博尔赫斯文集·小说卷》，海南国际新闻出版中心1996年版，第491页。
(2) 同上，第492-493页。

（五十一）

博尔赫斯所进行的新型的传记撰写是一种创造。艺术家用自身的天才与激情将古人身上的可能性发掘出来，结合自己的经验使之变为现实，从而在永恒的意义上复活了古人的形象。博尔赫斯不但用这种方法来写"传记"，而且他对传说和事件的叙说也用同样的手法，即借助外面的材料讲述艺术和艺术家的故事。这篇《埃瓦里斯托·卡列戈》就是这方面的一例。

毫无疑问，作者是假借为诗人卡列戈写传记来谈论艺术和艺术家。通过他那略带反讽的笔调，一个现代艺术家的形象在我们眼前出现了。这个人穿一身黑，脸上有明晰的骷髅线条，患有诗人常患的肺结核，疾病使他热情过度，他一生都在谈论和奔跑。对于这样一个不安的灵魂，一个无法遵照时间顺序来描述的追求者，唯一可能的与他的沟通就是每个人都从自己的体验出发，设法让自己的迷宫同他的迷宫接壤。

▶ 最好的办法是寻找他的永恒性和重复性。只
有非时间性的和充满爱心的描写，才能重现
卡列戈的真面目。[1]

卡列戈的特点：

1.浑身死亡的气味，只有那双眼睛里透出紧迫的生命。

2.生性好斗，温柔起来不知羞耻；像老虎一样冷酷，也像老虎一

样有王者气派。

3. 既有甘蔗引起的热情，又异常严肃，有理想主义的遗传因子。

4. 只会说人坏话，爱诅咒受人尊敬的名人。

5. 对朋友往往爱恨参半，同样强烈。

6. 对民间暴力事件极为感兴趣，交结底层恶棍，诗歌里充满了暴力。

7. 渴望荣誉，渴望心灵的交流，因为得不到，就囿于心灵的抽象对话，自问自答，将自己变成自己的宣传员和传道士，为得到荣誉，有时还搞阴谋以获取秘密的满足。

经过描述者的叙述，卡列戈以普通人的面貌登场了，这种普通的关键意义在于他即每一个人，他在大家中重复新生。也许这样描述出来的卡列戈仍不是卡列戈，但他只能以这种方式复活，这种让他在众人中重现的形式"弥散了时间，证实了永恒"。他最后给大家留下的是那些不朽的细节记忆：

▶ 宁静的院子，每天的玫瑰花，圣胡安像前的
微弱烛光，像小狗那样在街上打滚，炭窑的
木桩、漆黑的窑洞、成堆的木头、小教堂的
铁栅栏……(2)

以上的细节烘托出永生者存在的氛围。

注：

（1）《博尔赫斯文集·小说卷》，海南国际新闻出版中心1996年版，第514页。
（2）同上，第520页。

（五十二）

《骑手的故事》叙述的是艺术灵感的故事。那像暴雨一样冲锋陷阵，之后又像幽灵一样消失在茫茫大草原尽头的黑色身影，就是灵感的形象。

灵感，这位来自蛮荒之乡的使者对于各式文明不屑一顾，沉默的时候就把自己关在房间里喝马黛茶。一旦艺术的号角吹响，他就以英勇的骑手的姿态到处发动起义，摧毁着文明与理性的城堡。骑手们发动的战争没有明确的最后目的，也不制定策略，单凭天才的野性之力干着破坏性的勾当，他们的胜利成果由于意识不到也没法巩固，所以他们唯一可做的就是一而再、再而三地向同一城市发动进攻，对于他们来说，"战争只是显示他们英武气概的一种游戏"⁽¹⁾。骑手绝对不能在文化与文明当中定居，一旦定居，就不再是真正的骑手。真正的骑手是城市或城堡的死敌，他们的故乡在"漠漠大荒"之中。骑手给人带来深深的惆怅，这些盗马贼来无影、去无踪，他们身上没有任何确定的、给人以踏实感的东西，他们对文化与文明的叛逆态度也让人不安，就是他们曾经建立起的巨大王国也是昙花一现，早就消失了。在故事中我们读到作者对于纯粹的骑手那强烈的渴望，那伤感的崇敬，以及对于骑手无法最终摧毁理性的城市的深深的无奈。

文明迅速地发展、扩张，骑手的生存越来越困难，但骑手是不会从大地上消失的。现代文明中残留的骑手往往比古代骑手更为暴烈，那是长久阴沉的郁积所致。在同城市面对面的交锋之中，他们的爆发力让人目瞪口呆，颠覆的决绝性也显得更为可怕。也许他们早已懂得了，不会有最后的胜利，只有无穷无尽的战争，一次又一次地内力发动，人只能在腥风血雨中梦想胜利。

（1）《博尔赫斯文集·小说卷》，海南国际新闻出版中心 1996 年版，第 522 页。

（五十三）

《地狱的时间》这一篇通过对宗教意义上的地狱的讨论，将人性赋予了地狱的形象。在作者的观念中，地狱是人出于自审的一种创造，一种自我意识的产物。它的永恒的性质，它的完美的、无终结的痛苦是来自于精神对肉体的永不妥协。地狱不是天堂的短暂的补充，而是与天堂共存，一道构成世界的存在。地狱的普遍性体现为任何人，只要不停止精神的追求，他就必须下地狱；这个前提使人性蒙上了一层暗淡的色彩，前景令人悲哀。地狱时间的永恒性则体现为世俗痛苦的无休止性，黑暗与火的连续性；是人对自身的绝对否定促使人的认识向前发展，这种无休止的时间是人性中最可怕的一面，但人是可以承担它的。

这样一种地狱观是艺术创造中的地狱观，这种观念将地狱变成了具有亵渎性的戏剧表演。人在这种命运的游戏中被引向迷失和罪恶，永远被烈火烤炙，使命运的设计者（上帝）受挫，而自身沦为魔鬼的同伙。这样一来，地狱中的永恒的惩罚与救赎实际上是掌握在人的手中了，它由人的自由的意志所决定。但再仔细探讨，其中的反宗教性质其实是宗教的引申和发展。"一切对虎的诅咒，都必然具有虎的斑纹。"

文章最后描绘了艺术家的地狱形象。那是一个永无止境的梦，在梦中肉体消失了，但又并未彻底消失；意识浮动在虚空里，竭力要进入彼岸，但又摆脱不了此岸。这种似梦非梦、似醒非醒、似有似无的状态，就是艺术家所要承担的永恒。充满灾难和混乱的世界是他要脱离的，让一切消失的透明虚空是他最怕的，他只能将两只脚踏在两个王国里，在永恒的梦魇中熬日子；这便是艺术家的地狱。他不想失去这个地狱，因为它是他的自由意志的选择。

（五十四）

博尔赫斯通过对《接近阿尔莫塔辛》这个扑朔迷离的故事的复述，究竟想告诉我们什么呢？故事中的什么地方触动了他的心弦呢？

反复阅读，读者会看到文字背后作者那双永恒的眼睛（所以他才将这个故事称为"永恒的故事"）。这双穿透历史的眼睛看到了，美是一个过程。故事中的主人公探索的历程就是美逐渐现身的历程。美又如同幻影，在这历程中"若明若暗，若隐若现"，但趋势是明显的，即越来越美。这双眼睛还看到了，美并不是乌有，它属于那种最原始、低贱和肮脏的生命体，只有沉沦到地狱最深处的下等人身上，才会透出那种美的激情，因为美就寄生在他们心灵的内部。就如同卡夫卡那迷雾中的城堡同人的分离一样，博尔赫斯的理念之美也同生命的机制在两条平行的轨道上运行着，它们的交叉要留到最后。博尔赫斯不信神，他对于这不可思议的人性有着太深的迷恋，即使今天人已变成了"连狗肉和蜥蜴都吃的饕餮之徒"，他的迷恋还是不变。他那神秘莫测的信念是：在生命的腐败之上，美的旗帜会高高飘扬；人，只有人，能够同美结合。主人公为实现这个信念进行了在作者作品中反复出现过的、我们熟悉的那种寻求。在寻找的终点，他回到了他的出发点，那就像一种轮回，一种更深层的切入。

故事一开始出现的有着月白色狗群的花园，塔楼里阴森的黑洞和盗尸贼，是杀人之后的主人公精神上初次升华的意境，追求就从这里开始。接着他从盗尸贼的口中听到了关于美的信息，下决心进行迷宫中那漫长的跋涉。在世俗中，他并没有变得更好一点，只不过启动了对自身的恶的认识，生活变成一连串的犯罪、认识、再犯罪、再认识。在此期间他观看了海上的日出和日落，对生命本质的领悟使他同美的距离缩短了，他发现美就在身边的同胞身上，迷宫中的每一个人皆是美的替身，尽管他们谈吐下流，品行不端，这丝毫也不妨碍某种高尚的激情在他们身上流露，这种流露的连续性使主人公确信：所有的美德都来自于从前盗尸者告诉他的那个人身上，他要把那个人找到，这件事就是他生命的意义。最后，他终于如愿以偿，实现了他的抱负。他所找到的帘子后头的人是一个什么样的人呢？可以设想，那人一定长得很像主人公自己，因为他就是主人公毕生所塑造的。博尔赫斯不愿神插入这个故事，他认为人才是最美的。人寻求美，最终就变成了美，人寻求永恒，自己的眼中就射出永恒之光。

（五十五）

  《塔德奥·伊西多罗·克鲁斯》这一篇令人想起卡夫卡的《致某科学院的报告》，可以说它是卡夫卡那篇故事的逆向版本。卡夫卡的《致某科学院的报告》描述的是人类战胜自己身上的野性，追求文明的痛苦过程，这篇故事则是描述人怎样突破文明的限制，向自身的野性复归的历程。

  诞生于荒蛮的野地和有着强悍的双亲的勇士克鲁斯，被强大的文明秩序规范着他那桀骜不驯的性格；但在他的心底，在他的血液中，原始的威力依旧潜伏着。祖先的记忆并没有消亡，只是被理性小心地钳制在底层了。深层记忆是种极为神奇的东西，它不会在人的回忆中出现，它一定要借助于人的身体的动作来现身（"所有的动作都是我们的象征"）。也就是说，只有当人进行创造的时候，深层的记忆才会涌现出来，这时人便会看见寓言似的未来。勇士克鲁斯的最后那场爆发性的反抗非常类似于艺术家的创作。克鲁斯身上的野性对于文明的桎梏进行过两次反抗。第一次反抗使他变成了文明人，第二次反抗则使他成功地脱离文明社会，重新成为野人。在克鲁斯漫长的文明生活中，他身上隐藏的"另一个"并未像外界认为的那样已被征服，而是在等待时机重新登上舞台。"另一个"的再次登台需要一种极为特殊的条件，即，人必须有所动作，在搏斗中转化成那"另一个"。转化的契机则是对象化、陌生化的"另一个"的出现，那种闪电似的领悟。克鲁斯终于等到了那一天，他在与自我的搏斗中同自我达成同一，重新成为了野人。此处也描述了那种被动性的模仿、叙述同创造性的叙述之间的区别。真正的艺术不是回忆，不是收集经验的资料，而是"动作"，是搏斗，是向原始的奋力复归，也是重新成为更高层次上的"另一个"的突破。

（五十六）

▶ 一切形式的特性存在于它们本身，而不在于
　猜测的"内容"。……一切艺术都力求取得
　音乐的属性，而音乐的属性就是形式。[1]

——《长城和书》

　　《长城和书》这一篇是对艺术内在矛盾的精彩探讨。秦始皇的心
境就是正在进行创造的艺术家的心境。修长城与焚书，这两件难以想
象的事件以它们伟大的创造气魄令"我"折服。而同时，事件内含的
致命矛盾又令我不安，为此我开始了对秦始皇内心的探讨，希望通过
探讨来解开那个渗透在一切艺术创造中的形式感之谜——艺术本身那
说不清又摆不脱的魔力。

　　始皇帝的独特之处在于他的彻底性，即那种废除已有的时间与空
间，自己来充当第一个"人"（或上帝）的不回头的决心。焚书是否认
历史（逝去的时间），让自己在时间上处于永恒的举动；筑长城则是为
了抵御邪恶的生命的入侵，让自己在真空的纯净中体验空间的永恒。
或者说，焚书抹掉的是人自身存在的记忆，那令人羞愧、不堪回首的
记忆，让自己成为零或历史的起点；筑长城则是为了维护这个零的起
点，不让其朝邪恶的方向发展，从而坚守着一个象征的精神王国。这
两项运动相互之间抵消，留给人无限的惆怅。然而正是在这种相互抵
消的运动中，属于个人的历史又向前发展了。于是破坏与建设并存。
以焚书消灭了以往历史的始皇帝又用筑长城来建立着"零"的历史，

边消灭边建立，消灭就是建立，建立了的又要被消灭。也可以说他在消灭意义中体会最高意义，或明知意义依存于个人的想象，也要用新的想象来丰富它。

帝国是短暂的，人偏要它体现永恒；书是神圣的，人偏要否定它，倒退到原始，从零开始。妄想重新开始时间和空间的始皇帝从他事业的第一天就陷在泥淖中不能自拔。他的事业的确是千秋万代的事业，实现事业的过程却只有对遥遥无期的模糊概念的渴望和无尽的焦虑。唯有脑子里那天才的形式感在不断激发他的暴力行为，让他在空虚无聊的漫漫长夜中聊以自慰。长城的功能和焚书的效果取决于人的赋予（功利同艺术无关），成为永恒的是艺术家的创造形式——那种孤身向一个不可知的领域奋进的悲壮形式。

当我沉浸在始皇帝的氛围之中时，周围的一切都充满了暗示，它们想对我说些什么，想提醒我那不该遗忘的事，想向我传达神秘的信息。我知道它们说不出。那说不出但感得到的东西就是形式感，就是艺术之梦。

注：

（1）《博尔赫斯文集·小说卷》，海南国际新闻出版中心 1996 年版，第 549-550 页。

（五十七）

《柯尔律治之梦》述说的是艺术中的奇迹。奇迹有其深刻的必然性，它出自精神本身那强大的统一性。其实每一次的艺术创造，都是一次奇迹生发的过程，而精神的领域是涵盖时空的独立存在。艺术家忽必烈汗和艺术家柯尔律治的创造物在形式上各不相同，但它们来自相同的故乡，因而身上必定打着故乡的烙印，让人一眼看上去似曾相识。这些奇迹的创造物反过来又证实着精神领域的永恒性。奇迹既千变万化同时又出自一个模式，这有点不可理解，这就是说，只有出自那个最高模式的创造物才是奇迹——那种世俗中不存在的异物。人是怎样解决这个矛盾的呢？人沉入最底层的无意识（所谓脑海空空），脱离了一切世俗存在，让思维想象从那里起飞；而无意识的领域正好是那个模式的所在，那是一个无比古老的处所，几千年以前的祖先将宝藏埋在那里，等待后来的探险者去发现。

艺术上的经典大师们都是能够在梦中同祖先晤面的人，他们的梦可以延续几千年，标准的模式始终不变。那些梦又像同一位永生的母亲的孩子，当然母亲的样子是说不清的，只能心领神会。所以五百年后产生的柯尔律治的梦重复着先人忽必烈汗的梦，这一点都不奇怪，而简直就是一定要发生的，正如今天的艺术家们重复着莎士比亚。最有力量的艺术家就是在潜意识的海底扎得最深的人，这样的创造跨越的时间也最长。似乎一切都是同一事物，区别只在于各人深入的形式，而形式是不可重复的。原来奇迹来自普遍的真理，做梦的人进入梦境之时真理已经进入了他的大脑，以那种万变不离其宗的模式指导着他的探索。

在梦的深海里，人往往只能打捞出残片——这是艺术永远失败的命运，正如柯尔律治只能记得八九行零散的诗句。但正是这零散的几行诗显示出超凡脱俗的凝聚力和统一性，那种完美是超出理性的、奇迹的属性。所以零散只是表面的、用世俗眼光来评价的，有另外一种相反的结构深深地嵌在艺术品之中，欣赏者必须脑子里先有对真理的渴求，才能感受到那种非凡的完美。

（五十八）

　　艺术家深深地感到，宗教与艺术是如此的相通相似，以至可以用艺术的境界来解释宗教。《传说中的形形式式》就是这样一种尝试。传说佛祖释迦牟尼通过反思大彻大悟，抛弃红尘，成为苦行僧；佛经上的寓言则说到犯罪的人不懂人生之罪，于是被罚关进地狱里的火屋。释迦牟尼的传说和佛经上的那个寓言都是佛教教义的形象说明，这种说明都缺乏一点人情味，因为人只有两种选择：要么披上袈裟远离生活（知罪），要么被关在地狱的小屋里让烈焰炙烤（不知罪）。作者将两种说法合二为一，演化出第三种说明——一个具有艺术精神的寓言。在这个故事里，释迦牟尼既享受了宝贵的生命又体会了人生的苦难，最后还看出了生命的虚无本质，从而在精神上达到了超脱。这样一种说明是最符合人性的，但仍有不完美之处，因为佛祖在路上依次遇见老人、麻风病人和死人的事显得有点牵强，好似从观念出发的编造。作者的探讨必须到达那个虚幻王国的中心。

　　忠于美学原则的作者，将佛教的故事进一步演化了。故事中出现的人物不再是独立于人的精神王国之外的某个对象，而直接就是精神（或神）的变体。从无意识中诞生的梦变成了有意识，包罗万象的精神（神）衍生出各式各样的人的形象，通过这些化身来拷问自己，深入自身内部。如果一切皆梦（空），那么尘世是没有意义的，生命也是没有意义的，但有意义的精神信仰正是寄生于这无意义的生命之中，是伟大的信仰将无变成了有。寓言演化成了这样：人生是一场充满了快乐游戏和死亡体验煎熬的梦，有能力做梦的人随时可以达到万事皆空的境界，不过这并不妨碍人沉溺于现实生活，因为生活已变成了梦。人可以像快乐王子那样自欺，在自欺中不断认识生命的本质，也就是在梦中的真实体验中达到佛教的虚幻。殊途同归终于完成了。

耶稣在十字架上呼喊："我的上帝，我的上帝，为什么离弃我？"

艺术家在作品中呼应："一切都是为了体验那至高无上的意志。"

（五十九）

《历史的虚荣》探讨的是现代艺术的根源。

表面的、写进教科书中的那些冲突并不是真正的历史，真正的历史就像独角兽一样难以发现，或者说，真正的历史要通过人的创造性的探索来发现。此处谈论的仍是艺术层次上的历史，这种深层的历史是由分裂开端的。

在遥远的古代，有一天，在那蜂蜜色的舞台上，雅典人突然吃惊地看到了第二个演员，就从那一瞬间开始，伟大的历史诞生了。从此对话及不同性格成为可能。哈姆雷特、麦克白和浮士德等一连串人物伴随了历史的发展，这些不朽的作品都有一个共同点，即英雄主义，一种明知不可为而为的悲剧精神，这就是历史的精髓。这种英雄主义与通常的英雄主义观念正好相反，它的目标不是指向战胜，而是指向失败，因为失败是历史分裂的必然结果。

作者为说明这种英雄主义举出了冰岛国王西古尔德逊的例子。这个例子似乎很暧昧，因为所有微妙的情感都潜伏在深邃的处所。表面看只是西古尔德逊协助英国撒克逊王的兄弟搞叛乱，最后为撒克逊王所杀。然而历史的故事在作者的分析中演化成了作者所关心的那种历史。西古尔德逊之所以要参战，不是为了分得领土，而正是为了用那"六尺土地"来为自己埋尸，这真是一种不可思议的冲动，他用战败者的鲜血使历史永存。通过这样的叙述，耻辱和荣耀已经颠倒了位置。撒克逊王成了协助西古尔德逊开创新的历史的人物，而最终，读者会看出这三个人物属于同一个灵魂，也就是前面谈到的分裂，而战事发生在内部。这就是那种历史产生的前提。于是表达历史的语言"六尺土地"从此成了不朽的语言流传下来。故事中最感人的地方就是叛逆者西古尔德逊的赴死的决绝。

历史的虚荣来自那些漫长而又隐秘的过程，由无数看不见的泪聚集而成，一朝爆发，其能量和影响的深远不可估量。这样的历史指向将来而不是过去，它的寓言性质与生俱来，它那种逆向的反叛力使人的灵魂不断净化。从这个意义上说，博尔赫斯笔下的西古尔德逊的最后的业绩是艺术的巅峰。

（六十）

　　《梦虎》中抒发的是人在创造中对于美的渴望的激情，这种渴望是创造的驱动力。最美的是那生命力最旺盛的，作为理想之美的象征的威猛的虎高踞于日常生活之上，只能到梦中去寻找。然而梦中只有渴望没有满足，心底那片沉没、混乱的土地是我童年的偶像之虎的藏身之处，只是我现在再也找不到它。我发明出一个又一个的梦，孜孜不倦地找，我在寻找中渴望不断高涨，对虎的想象愈见逼真，简直到了呼之欲出的地步。啊，那种境界，那种境界何等鲜明！当然虎不会出来，虎要是真出来，梦就消失了。

（六十一）

　　《博尔赫斯和我》描述的是艺术家的日常自我与艺术自我的关系。日常自我充满了活力、混沌的色彩和虚荣；艺术自我纯净、透明，与世俗格格不入。艺术自我对于日常自我的态度是矛盾的：一方面他否定他的世俗性，为他那讨厌的世俗举动而不安；另一方面，他又不得不依赖他的世俗的活力，因为只有通过他的活力和虚荣，他本人那高超的游戏才会实现，才会持续下去，否则就只是停留在头脑中的模糊的云雾。"我"（艺术自我）是无法直接现身的，因为我没有实体，他就是我的实体。不论我多么厌恶他，要摆脱他，他也是我的最爱。我不能照我的模式改变他一丝一毫，但我的确每时每刻都在影响他，使他照他的模式不断发展自己。然而他的模式不就是我的模式吗？

（六十二）

　　活着的人来谈论永生总是存在着一层隔膜，触不到真理的存在。人于是发明出做梦的办法来进行那种极限的体验。人在梦中达到最高的激情，然后自杀，以便捅破生死之间的隔膜。但那只是演习，因为永生的体验只属于活人。自杀的演习便是闯进生与死的界限上的中间地带，在那里尽情体验一番。那种状况是很微妙的，那是一种分身术，处在那种状况的人记不清他们是否真的自杀了。《关于对话的对话》记录的就是以上过程的片断。

（六十三）

　　《被蒙的镜子》讲述的是一个神秘的故事。故事中的"我"有一种神奇的功能，就是将自己的脸变成别人的镜子，那种邪恶的、对于人的动作亦步亦趋的镜子。当然这种情形只有遇到某个极为不一般的人才会发生。具有自我意识的我从小就领教过镜子的可怕功能，因而出于那种防护的本能小心谨慎，以免中邪。但我的防护只能保护我自己，于是超自然的怪事在现实中发生了。

　　一名从对立的家族中到来的女孩将我长期抑制着的激情解放出来了。我被这名女孩深深地吸引，我们血统中的古老分歧使我们激动不已，中了魔一般地密切交往。实际上，不幸的姑娘从我脸上看到了她自己，我成了她的镜子。照镜子所产生的超自然的激情对她来说比性爱更为神秘和高超。终于，这种中邪的游戏悲惨地终止了，可怕的镜子摄去了她的魂魄，她发疯了。

　　故事所叙述的其实是艺术作品的功能。作品内那种尖锐的矛盾就是魔力所在，人在欣赏交流之时将灵魂内的战争挑起，产生近似疯狂的感觉。那种情形的确同夜半时分在黑屋中照镜子十分相似。

（六十四）

《骗局》探讨的是悲剧的实质。悲剧艺术所唤起的人的激情来源于人本身的缺陷，即"人总是要死的"这一生存前提。所以这种激情是人性中最基本的体验。从这个意义上看，故事中上演的是一出真正的悲剧，它与世俗的现实没有关系，却记录了人类共同的"非现实时间"，这样它才能调动起人们的普遍情感，进行灵魂深处的宣泄。那些经典作品所拥有的就是这种直接将人性表演出来，引起共鸣的能力。例如在不朽的《哈姆雷特》之中，世俗的历史就退到了远方，艺术家的激情完全压倒了事件。对于观众来说，丹麦阴沉的城堡内发生的事件是发生在几百年前，或发生在今天，都是无关紧要的，每一个高层次的观众在欣赏的时刻所关注的都是自己的灵魂。

艺术家就是发明虚假丧事的"骗子"、绝望者和信徒。他们以陌生者和无名者的身份每天在人们当中上演着令人难以置信的"骗局"，赢得人们的信任和尊敬。

（六十五）

《死者的对话》是灵与肉之间的对话。

死于刺客刀下的基罗加一生中具有一种令人费解的冲动。这位脸色蜡黄，眼睛如同火炭，身上的刀痕如同老虎斑纹的军人，根本不需要他的对手罗萨斯对他的同情。正如他说的："罗萨斯，您始终不理解我。您又怎么会理解我呢？我们的命运是那么的不同，您统治过这座与欧洲隔海相望的城市……而我，却为美洲的孤独，为这方贫穷的土地和这群贫穷的加乌乔人征战了一辈子。长矛、呐喊、流沙和穷乡僻壤中几近秘密的胜利，构成了我的帝国。"这是灵魂在同肉体沟通。肉体为灵魂身上的累累伤痕而痛心，但他不知道那伤痕正是灵魂在追求中留下的烙印；流血和被杀死，都是灵魂沉醉于其间的体验。灵魂不怕受伤，灵魂追求的恰好是各种各样的"奇妙的死法"，并且可以在死后变成"另一个"，重新开始又一轮追求。怕死的是萨罗斯（肉体）。因为人的肉体只有一次，所以肉体不能像灵魂那样去冒险。人卑鄙地活着，在忍耐中苟且偷安。人知道自己的肉体变不成"另一个"，又由于这种先天的局限而发明了做梦的办法来同灵魂沟通，向不朽靠拢。这一点是肉体不可改变的命运。在这个奇妙的梦境中，肉体通过与灵魂的对话推进了矛盾的发展，促使"另一个"在他们之间诞生，与此同时，他们自身也在发生变化。"石头永远是石头"，二者的本质无法改变，但存在的形式是千变万化、不可穷尽的。人只要奋力营造永生之梦，他的灵魂就会不断新生，灵与肉的沟通也会长久进行下去。

（六十六）

　　《一个问题》是关于做梦（幻想）的意义的探讨。人在做梦时心中充满了要证实这一行为的焦急，致命的怀疑腐蚀着做梦者的意志，梦中的罪恶感又压迫着他。要超脱，要使梦成为真实的冲动促使人运用唯一的法宝来解脱：将梦做下去。因为梦中也许有否定罪恶的转折。幻想者于是成了始终没有脱离疯狂的堂·吉诃德。在那种无比古老、复杂、疲乏的梦境里，堂·吉诃德从他杀死一个人这件事意识到了幻想的无敌的力量，从而明白了一切都可以在幻想中创造，也明白了幻想的王国比人理解的现实王国要远为广阔。

（六十七）

　　《皇官的寓言》写得十分美丽。作为最高理念的皇帝带领追求者诗人参观了灵魂深处的美景。诗人在那些叹为观止的景色中完全迷失了，他看到了现实和梦幻的交织，也就是另一种更为生动的、不能穷尽的现实。受到深深感染的诗人写下了不朽的诗篇，那首诗中包含了灵魂中永恒的时间和无限的空间。但皇帝仍然对诗人不满，因为他还未达到最高意境。于是皇帝给他提供了达到那种意境的梯子——诗人自己的牺牲。

　　在另一种解释里，皇官却是属于诗人的。诗歌的魔力可以让皇官出现，也可以让它被彻底摧毁。虚构的力量高于一切，也高于理念。

（六十八）

《种族志学者》是《皇宫的寓言》的另一种版本，描述的是艺术家的道路。从世俗的宿怨出发的默克多经历了漫长的灵魂探险之后，终于接近了真理，训练出了做梦的高超技艺。最后，他又回到了世俗之地。这时的他，已经脱胎换骨，懂得了在他的余生里应该怎样去追求，真理成了他心中不能言传的宝藏；这时的他，已领悟了两极相通的奥秘，所以他并不惧怕世俗，而是从此就默默地住在世俗中去创造奇迹，因为灵魂是不受限制的。

（六十九）

　　《佩德罗·萨尔瓦多雷斯》是《种族志学者》的逆向版本。主人公的一生就是艺术家那奇特悲惨的一生。在世俗的毁灭性打击面前向黑暗的地窖里撤退，将那里作为最后的藏身之地，从此生活在迷梦之中的佩德罗·萨尔瓦多雷斯，是活生生的艺术追求者的形象。钻进地窖不出来的人是那种在现实中无处藏身、每天看见血光之灾的人。人钻进了地窖之后，在纯粹的黑暗的逼迫之下唯一可做的事就是造梦——他必须创造一个世界来取代上面那个世界，否则就只能完全变成僵尸。从世人的角度来看，佩德罗·萨尔瓦多雷斯的一生是凄惨的、不堪回首的一生，但谁又知道他在那个与世隔绝的处所曾获得过一些什么样的凡人所得不到的幸福呢？创造的极度的喜悦难道抵消不了肉体的痛苦吗？这个现实中的怯弱者终于在最后，成了幻想王国里的勇敢无畏的君主，通过创造改写了自己可耻的历史。

（七十）

　　《敌人的故事》描写的是灵魂对肉体的一次访问。人尽管对自己的灵魂做下很多伤害的事，甚至谋杀了他，但只要人意识到自己的举动，灵魂就不会死，有一天还会赫然出现在人面前。灵魂遍体鳞伤，在漫长的岁月中逃避着人，同时又等待着同人见面的日子。他虽同作恶的人势不两立，但又怜悯人的无知和莽撞。终于有一天，衰老虚弱的他来到了人的家里，人这才发现他仍是无比的强大。看见了他，人感到自己的一生毫无意义，但人还是怕死。为了不死，人开始讲话，人不断忏悔以此来拖延时间；但他还是要人的命，因为他知道人的归宿。这时他逼问人除了等死还能做什么，人回答说他可以醒来。于是人醒来了。原来这次访问是人的一个梦，人用做梦来对抗必然的结局。在这个梦里，人成功了。

（七十一）

　　如果说有一种人，从小便爱想入非非，发展到后来，竟然日夜渴望起世界上从不曾存在过的东西来，为着猎取这种东西，甚至抛弃了自己世俗中拥有的一切，这种人就是《一个无可奈何的奇迹》中所描写的主人公一类的人。

　　对纯美理念的追求是从现实中起步的。儿童时代的"我"就具有对老虎的偏爱；老虎最能激起我的奇思异想，我内面那片混沌的土地上到处出没着它们的身影。随着时间的推移普通的虎也不能满足我了，我渴望一种从未见过的蓝色的老虎，无穷无尽的关于蓝老虎的梦促成了我去进行那次奇怪的旅行。

　　我根据蓝老虎的传说找到了那个印度的村庄。那是一个异常贫穷、气候恶劣的村子，村人们仿佛不是这个世界里的人。我发现周围的人心中都有鬼，大家似乎都在严守着一个共同的秘密。当听说我要捕捉蓝老虎时，人们就松了一口气。他们用种种办法欺骗我，使我相信蓝老虎就在村里；那种幼稚玩笑似的欺骗又像是一种促使我觉醒的幽默。总之，我在那里的停留成了他们的希望。后来我渐渐明白了，他们的秘密在另外的地方，在一个没有人迹的山丘之上。我的发现令村人们十分惊恐（也许是假装的），他们警告我不要去那神所居住的处所，因为人见到神就会发疯。人们的态度更加刺激了我的好奇心，我在半夜偷偷地上了山。就在那贫瘠的沙土的裂缝里，我找到了奇迹。原来奇迹是不拘形式的，它并不是蓝色的老虎，却是蓝色的小石片——握在手中会轻微振动，数量会不断变化的小石片。这样，寻找老虎的猎人找到了许多梦幻般的小石片，他内心的美的境界也由此升华了一个阶段。那些美的化身的石片却是可怕而邪恶的！人一旦拥有了它，便为它所牢牢控制。它随意地增殖和减少，把人类的逻辑和科学都粉碎，让人感到比死还难受的那种虚幻。作为启发者的村人们在我面前表演着对于小石片的恐惧，更使我确信这些石片是真正的奇迹。我开始梦到石片了。这种梦完全不同于老虎的梦，这是疯子的梦，梦所遵循的是与人类头脑的基本原则恰好相反的东西；而且所有的梦都有种一致性，都指向那个亵渎上帝的石片所在之地——地牢底下的裂缝。村人们的态度渐渐发生了变化，我感到谋杀在酝酿中，于是我带着一把小石片逃跑了。

回到居住地之后，奇迹仍然以它绝对的权威控制着我的生活。我避开众人，着了魔似的做试验。试验工作使我不至于发疯，但试验中的虚无感时刻折磨着我，我痛苦已极，想要寻求解脱。我在失眠中走进了清真寺，遇见了那名乞丐。他向我索取施舍，我将石片交给了他，并告诉他石片是可怕的东西。但石片在他掌心里消失了，他告诉我他留给我的东西才是真正可怕的，那是同"白天、黑夜、智慧、习惯、世界"一齐留在我身边的永远的、绝对的虚空，一种更高级的奇迹。我的探索到此又升华到了一种新的境界，我听见了天堂的钟声。

我的心灵历程的轨迹：梦虎——找到蓝色石片——做试验——进入纯净的虚空。

（七十二）

《俘虏》讲述的是时间的连续性。凡内心体验过的，都永远不会忘记，时间的这种顽强的记忆力可以超越一切，使过去与现在、与未来交叉。完全可以设想，即使这个俘虏已经死了，他的孩子回到故乡，仍然认出了父亲与之发生过情感交流的那些东西。在这个意义上可以说人的灵魂是不死的，每一个人身上都满载着我们祖先的古老记忆。

（七十三）

弗朗西斯科——死神、归宿

罗森多——被死神束缚着的艺术生命力

"我"及镇上的人们——世俗层次上的自我

  《玫瑰色街角的汉子》这一篇的内在结构非常隐蔽，那种深层结构几乎是天衣无缝地同表面的、世俗理解意义上的结构重合，这使这篇看起来华丽的作品具有了深不可测的特点。

  罗森多是一个自由自在的恶棍，敢想敢干，无拘无束，在"我"眼里，他是一名了不起的英雄。然而那天夜里发生的事却向我显示了：罗森多身上有令人极其寒心的一面，他的那一面使我的理想彻底破灭。人在世俗间无论多么逞英雄，他总要受到一种限制。这种限制在那天夜里由穿黑衣的、阴沉暴烈的汉子弗朗西斯科·雷亚尔全面地表演出来了。是的，它就是死神，罗森多从弗朗西斯科身上看到了自己那火热沸腾的生命力的最后归宿，他感到自己的末日来临。弗朗西斯科浑身都透出宿命的意味，黑色的衣服就仿佛是罗森多的灵帐。被紧逼得走投无路，失去了一切世俗支撑（女人和荣誉）的罗森多该怎么办？是毁灭还是逃脱？罗森多似乎选择的是后者，他的行为无限卑劣，一切只求保命。但这求生并不意味着认输和忘记奇耻大辱，他在卑劣中酝酿反扑的毒计，一心要战胜不可一世的死神。

  人的欲望是怎样一种不可思议的、顽强的东西啊！人可以忍辱负重，退到最后，但人绝不放弃生命。罗森多采取的这种既像放弃又像彻底激怒自己的方式，既像龌龊下流的毒计又像英雄主义的最后一搏的行为，就是悲惨的艺术在当今的腐朽处境中现身的真实状况。即使是像罗森多这样藐视一切的好汉，即使内部涌动的热力可以让他称得上不怕死，那又怎么样呢？无比强大的弗朗西斯科的派头已向人（罗森多）表明了：活是一件不可能的事，假如你要活得像个人，而不是一条狗的话。留下的选择于是明朗化了，然而这所谓的明朗却是最为模糊的、捉摸不定的东西。那种选择是在极度压抑的阴沉中的迸发，它将肮脏和崇高糅为一体，将真正的猥亵和英勇看作一个东西，从而怯懦卑鄙地，然而又是光明正大地向无敌的死神宣战了。这是一种令人羞愧到了毛骨悚然地步的复仇，但复仇毕竟在腐臭的黑地里发生了，究竟谁是最终不可战胜的呢？

　　罗森多来自于散发出腐败气息的河边小镇，同小镇上众多猥琐的人们一样，他也是个一钱不值的家伙。他是英雄已经消失了的时代里的英雄，是土生土长的、被无数次扭曲过的原始生命力。这样的人面对死神不会像古人那样硬抗，他会使出最阴险的狡计，经过迂回和退让达到取胜的目的。当结局呈现出来时，我们便领会了这一黑暗过程所包含的紧张的、剧痛的自我折磨，恐怖已极的内在推理，以及最后那疯狂的孤注一掷。还有什么比这更像地狱呢？不幸的人承受了这一切，他身上还有什么是不能宽恕的呢？罗森多那孤独的身影就这样消失在泛滥着腥臭的河边，那身影如同一声永恒的叹息，又像一首沉郁而抒情的歌……

　　高明的作者以巧夺天工的天才在结局方面留下了悬念：罗森多是怯懦、卑劣到了极点，从而借助自己的女人的掩护进行了无耻的暗杀后逃跑了呢，还是压抑到极点，火山终于爆发，进行了一场壮烈的搏斗才杀死了弗朗西斯科？两种可能性同时存在，任何单方面的推理都得不出结论。但这正是妙处。只有将这两种可能性看作人性中不可分的两个面，才会描绘出完整丰满的人的立体形象。人如果承受不了自己身上的丑恶，他就无法进行认识自我的事业。罗森多的选择是极其艰难的，作为人类当中的英雄，他身上的光辉使得他的阴暗面比一般人更黑暗。他将刀子扔进马纳多纳多河的瞬间便是决心已下定的瞬间，这个决心就是卑鄙到底，无耻地活下去，但并非对自己的无耻麻木不仁，而是意识到并受到自我意识的残酷折磨，与此同时还要暗中策划复仇的事业。罗森多，这个垃圾堆里的无赖们的头领，终于为人们做出了活的榜样。最恶心的与最令人神往的是一个。

（七十四）

　　《吉诃德的作者彼埃尔·梅纳德》这一篇描述的是创作中最根本的矛盾，即怎样无中生有，或潜意识如何启动的问题。大脑中储藏着古老记忆的作家，在创作的瞬间面临着生死攸关的选择：是抛弃一切世俗的负载，通体空灵地进入那种"纯"的境界，还是为世俗所钳制，写些自己不满意的、与记忆中的境界（吉诃德）不一致的权宜之作？对于作家来说，前者达不到，后者又为自己所唾弃，他没法选择，因为二者是一个东西。于是作家开始了挣扎，开始了同命运搏斗的漫长旅程。作家的目标是那种"纯"境界——伟大的堂·吉诃德，作家笔下的东西是朝那种境界突进的尝试。尝试永远是失败，是权宜之计，因为堂·吉诃德只能存在于人的心底。那么创造就毫无意义了吗？不，这正是意义所在：作品只能是同那种最高意境达成的妥协；人唾弃生命的世俗，唾弃笔下文字的世俗含义，人却通过世俗的桥同永恒相通。每天深夜到郊外的野地里去烧手稿的那个幽灵，在火光中看见了什么呢？

　　《堂·吉诃德》是心灵的王国，一个无限丰富微妙的、不可言传的存在，它的不可言传还在于那种变幻不定，任何要用文字将它固定下来的企图都是滑稽可笑的。滑稽可笑的人类中的英雄，却每时每刻继续着那种地底下的文学创作，在绝望中向着围困他的虚无不断突围。只要有艺术家存在，这种极限意义上的写作就不会停止，一切都在暗地里进行，但读者可以从表面的书籍和文字中发现那种特殊创作的信息，并在那些点上闯入艺术家那无限深邃的灵魂。《堂·吉诃德》

的王国的到达不论对写作者还是对读者来说都需要依赖偶然性，那是一个捉摸不定的世界，人没有模式可依，唯一可依仗的只是自身的冲动。当模糊的理想在前方若隐若现时，人只能像成吉思汗的骑兵一样在懵懂中发起冲锋，当然那前方的朦胧之物正是由他自己在多年的苦苦追求中所营造的。

由人类祖先就开始了的这种特殊的长年不懈的心灵劳动构成了人的历史，这是比教科书上的历史远为深广的另一种看不见的历史，它来自于心的创造，对它的体验也只有通过个体独特的创造来达到，否则它就不存在。这种神秘的历史，要由个人的创造来证实的内在的历史，就是真理的母亲，也是现实的根源。人可以运用它的宝藏来构造自己的《堂·吉诃德》，只要人不停止创造和认识，人就同母亲在一起。然而怀着这种向往的艺术家，注定了只能在地狱般的痛苦中煎熬一生，这痛苦是与生俱来的；真理之母横蛮地否定他所有的创造物，逼得他盲目地奔突，但母亲从不给他任何希望，只给予他剥夺。他感到母亲靠近的瞬间，同时也就是他感到离母亲最远的瞬间，为着重返有关母亲的记忆，人必须准备开始下一轮的创造，如此循环，直到艺术生命的限制使这种创造终止。然后另外的个体又重新开始，那种开始并不是继续前人的事业，而是用新的体验来颠覆前人的作品。这就构成了纯艺术的未完成，以及不完美的特点，因为它只是过程中的残片，或者说对完美的渴求之信息，人在这种残缺之物中表达了他的渴求，但人没有获得他所渴求的完美。那本不朽的杰作《堂·吉诃德》永远在黑暗的最深处，它依赖于人借助蛮力，借助偶然性（灵感）将它一点一点地显现。所以真正的艺术家在创作之际永远摆脱不了对自己作品的厌恶，以及那种深入骨髓的羞愧感；他不得不将心中的理想与肮脏的世俗进行那种猥亵的交媾，这是唯一的获得真理、皈依历史的途径。

博尔赫斯这一篇里面那个梅纳德，就是艺术家无比高傲、脆弱已极，又非常强韧的艺术自我，这个难以捉摸的精灵，生活在深深的苦难之中。她既热衷于创造，又被创造所伴随的虚幻感弄得失魂落魄；她借助于世俗来超越世俗，因而永远只能处于暧昧的身份中；她怀着实现不了的狂妄目标，却只能在暗无天日的绝望中挣扎。她是艺术家心中永远摆不脱的痛和灭不掉的渴望。艺术自我的这种处境是由创造本身的双重性造成的：创造要求将一切不可能的变为现实，同时又要求对一切已实现的现实加以彻底的否定。梅纳德的精神生活就是一边紧张地创作，一边偷偷摸摸地焚烧手稿。

附录

属于艺术史的艺术

——卡夫卡与博尔赫斯的小说

在浩瀚无边的人类灵魂的黑暗王国里，有一些寻找光源的人在踽踽独行。多少年过去了，他们徒劳的寻找无一例外地在孤独中悲惨地结束。王国并不因此变得明亮，只除了一种变化，那就是这些先辈成了新的寻找者心中的星，这些星不照亮王国，只照亮寻找者的想象，使他们在混乱无边的世界里辗转时心里又燃起了某种希望。这是一种极其无望的事业，然而人类中就有那么一些人，他们始终在前赴后继，将这种事业继承下来。卡夫卡和博尔赫斯这两位文学上的先行者，就是寻找者心中的星。阅读他们的作品，就是鼓起勇气去追随他们，下定决心到黑暗中去探险。当星光刺激着寻找者心中的欲望时，寻找者会更加坚信：光是存在的，世界绝不是漆黑一团。

处在同一个世纪里的这两位艺术上的先行者，他们都远远地超出了自己的时代，并以崭新而奇特的形象刷新了读者们的古老记忆。读者会发现在创作的境界上他们俩有许多相通之处，他们那些各展风姿的象征意象，时常在读者脑海里引起相似的联想，不断刷新的重叠，逆向的汇合，同一版本的升华，以及不同版本的还原。读者会惊叹这是完全同质的创造，也会感到这是两种完全不同的发挥。在这里，我们可以援引一句话来概括这种状况："所有的书都是一本书。"这是充满智慧的博尔赫斯说的。是啊，所有那些孤独的寻找者，不都是在找一样的东西吗？然而这两位艺术家还是由于其相似的走极端的狂热，同样的处世的高傲，凡事要追究到底的执着，极少有人能达到的深邃、卓越的形式感和奇妙的抽象力，神秘的冥想能力，以及几乎是无限的承担痛苦的能力，使他们较他人更为相接近。读他们的作品，你会感到那种纯而又纯的氛围对你身心的折磨，那正是文中所包含的极其尖锐的矛盾，那矛盾化为两股势均力敌的巨大力量，从相反的方向绞扭着你的神经。你以为你跌到了地狱中，然后你恍然大悟，这也是天堂的氛围。人在绞扭的痛苦中继续做梦，让最最纯净的梦将内心的痛苦转化，不过不要设想痛会消失，因为它是梦的源泉。为了做梦，两位艺术家都具有自愿受难的渴望，这也是他们的生存模式，另外的模式对这样的灵魂来说几乎是不可设想的。可以说，是对精神的狂热追求导致了对生活的全盘否定；也可以说，是对生活的不可遏制的强烈渴求导致了对精神的亵渎。二者总是同时发生的，其间的拉锯产生的痛苦无法估量。只因为作为艺术家的个人，不能像宗教教徒那样放弃极端的尘世体验，反而要"用二十只手抓住生活"，[1] 要同他的爱人躺在一个又深又窄的坟墓里，"我把脸紧贴着你，你也把脸紧贴着我，谁也再看不到我们"。[2] 又因为这，他们便着手进行一种交媾的事业，将烂泥、树皮通过神奇的仪式变成上帝，[3] 让所有的贱民不自量力地怀着皇帝的理念。

两位艺术家进行这同一种创造的形式是完全不同的，但在他们的每一篇小说里，你都可以通过长久的凝视发现那个透明的、深远的艺术结构，那其实就是艺术家本人的生存结构、灵魂结构。在卡夫卡，这个结构是从《美国》到《审判》，再到《城堡》而逐步地清晰起来的，正如同作者活得越来越清晰一样。在博尔赫斯则是每写下一个小故事，就是那种结构的一个另外的版本，一次又一次变换，各展风姿，美不胜收。当读者在他们的作品中看到了这个结构的瞬间，他们同艺术家的心灵交流就发生了。交流如同闪电，直逼读者的灵魂。读者看到艺术家在以一种什么方式生活，他为什么要活。萦绕在艺术家心头挥之不去的死亡阴影，是那种透明结构的本质，一切创造都以它为前提。但艺术家又并不是为了真的死而进行创造，只不过是为了用最富于生命力的热血之躯去体验各种各样的死，因为只有这类体验才是最纯粹的生活。在追求精神生活的纯粹性上头，两位艺术家都是同样的义无反顾，同样的将这种生活看作自己唯一的生活。而那个无限向内深入的艺术结构，便是作者追求理想的轨迹。他们在创作历程上的每一个脚印都从未偏离自己的目标。又因为灵魂内部一片黑暗，目标不可能用眼睛看见，他们便只能执着于内心深处那股自发的、强大的情绪，让手中的笔比自己先行，以这种十分特殊的方式向内挺进。当他们这样做的时候，终极的目标便会隐隐约约地在旅途中闪烁在跋涉者的内心，他们会留下那种如同城堡雪地里的脚印似的结构。这种结构由于其深藏隐蔽、似有若无的特点，总是跳出阅读者的理性把握，消失在茫茫的混乱之中。因此唯一的进入作品的方式只能是将作品再读一次。这类作品的阅读有点像读一部精神的百科全书，读者可以在那里面找到他所需要的一切，只要他进入探索之后有足够的耐心、毅力和激情，理想便与他同在。他也许会在长久的迷茫之后眼前豁然一亮；或在下意识地、勇敢地迈出第一步之后感到作者那有力的牵引；总之每一次进入都需要重新适应，重新奋起，而不能像阅读某些现实主义作品那样一劳永逸。作品中的这种结构的产生一定是很神秘的，它同古典作品中的一般结构有质的区别（当然这并不是说古典作品中就没有这种结构，相反的例子比比皆是，例如莎士比亚、塞万提斯、艾伦·坡，还有鲁迅的某些作品等，但在这两位艺术家的作品中，灵魂的意图是如此集中地、排斥一切地显露了出来，这是空前的），因为它同理性的构思无关，也同一般的写作技巧无关，它全凭艺术家内在的那股蛮力，那种要成就不可能的事物的想象力的自然形成。没人能说得出这些作品是怎么想出来的，只有一件事是明确的，那就是读者如果要"看出"作品的内在结构，他就必须唤起自己内部那股被压抑已久的力，挣脱日常观念的所有限制，让灵魂作一次致命的飞翔，达到那个虚无纯净的境界。否则他就只能看见一些表面的、站不住脚的东西。由于作品的这个特点，也就造成了作品与阅读的关系的特殊性。面对这样的作品，读者如果没有独立不倚的想象能力，他就进入不了作品，因为这种工作是一种互助的工作，一件作品要通过读者的努力才能得到最后完成。于是，两位作者都不约而同地在作品中向读者发出了浓密的信息和坚持不懈的邀请（卡夫卡的作品大都没写完，留下许多缺口；博尔赫斯则在《赫尔伯特·奎因作品分析》和《吉诃德的作者彼埃尔·梅纳德》等作品中跳出来现身说法；两位作者的作品里都充满了对作品本身的评论），都把作品与读者的沟通既看作不可能的事又看作生死攸关、不得不做到底的事（参见《地洞》和《赫尔伯特·奎因作品分析》），在痛苦的二重折磨中继续写作。

弥漫在两人艺术世界中的另一种东西就是那种清醒的创作意识，那种执着于艺术天堂本身的方向感。这种意识不是艺术家意识到自己要写些什么，而是意识到他要怎样写，怎样的写法才能写出灵魂。这种意识是说不清的，艺术家能够说的也就是作品本身；他用一篇又一篇的作品告诉读者他在怎样写，天堂的体验是怎么回事。这种非凡的才能产生于作者自身那坚强的理性，以及得益于这理性的艺术形式感（请看卡夫卡《致某科学院的报告》中关于船上的海员——理性象征——的描述和博尔赫斯《死亡与罗盘》中关于夏拉赫的描述）。读者在阅读过程中可以清晰地感到，有两个人在进行创造，一个是无法无天的狂人，他所向披靡，奔驰在幻想的王国里，写下了那些奇怪的句子；另一个则是冷静的老哲人，他待在高处，观照着下面那个人的运动，不断逼他，暗示他越无法无天越成功，任何的松懈反而是不可饶恕的失败。高处的观照者又具有致命的威慑力，下面的表演者的生杀大权就在他手中，表演者只有用殊死的反叛来粉碎观照者设下的那些要消灭他的阴谋才有出路。表演越出奇，阴谋的设定也越高超，时常导致白热化的结果，充满了杀气，充满了残忍，而死神的扮演者戴着不同的面具反复出现，那种短兵相接的紧张和恐怖，是灵魂求生的可怕图像，也是自由意志现身的永恒瞬间。二元对立的模式也在作品中得到体现，如《城堡》里面那个无法无天的K和以不变应万变的官员克拉姆；在博尔赫斯则有《曲径分岔的花园》中"我"与上司的对峙，《皇家典仪师小介之助》中赤穗、武士同小介之助的对峙等等。清醒的创作意识又使作品中的氛围异常浓烈，每一句话都不能离题，都有天堂的烙印；每一句话都说的是那种不能说的东西——因为不能说、无法说而不停地说。从某种意义上说，这类作品非常狭窄，因为它们只关心一件事——灵魂或精神；从另一种意义上来看，这类作品无限宽广，因为它们关心的是那个比我们这个世界要大无数倍的另一个世界，这个世界只能在人的"说"当中凸现。能够在创作时施用"分身术"来"说"的艺术家，其勇猛的探索对于灵魂的涉及已达到了惊人的深度，其作品的张力也显示出精神在历史长河中的不断更新与发展的现状。具有这种清醒创作意识的写作者本人，一定比古人更为痛苦，因为他只能生活在分裂的人格当中，这种分裂到了这样势不两立的程度，以致双方不进行血腥的杀戮就无法达到统一，或者说不用死亡的境界来作为最后的战场就不能突围。卡夫卡三部曲中的生死搏斗，博尔赫斯永恒不破的迷宫痛苦，都是这种意识的体现。在作品中，做梦的人永远盲目地在下雨的沙漠上奔跑，在高处则有各种钟表在提醒棋局的钟点。在这样的模式中写下的每一篇作品，都必然是原始生命力的赞美和理性精神的张扬，在极限境地中达成的统一产生了迄今为止最奇特、最自由的想象。它们向人类表明，人的承担痛苦的能力可以达到何种的程度，人的灵魂又是一种怎样的最不可思议的东西；它们也向人类表明，那些最丰富的灵魂，那些可以无限止地分裂、无限止地发展的灵魂，会成为人性的代表，将精神的档次不断提高。

清醒的创作意识导致的人格分裂又形成了创作的另一种特点，即贯穿到底的那种严厉的自审。当人把批判的战场从外部移到内部来之后，自省这件事就变得复杂而有点古怪了，它不再像大部分古典作品那样，通过角色将作者的理性思考传达给读者，而是总像蒙着一层雾似的，在剧情的内部隐秘地进行。为什么会出现这种情况呢？因为在这种特殊的艺术中，自省这件事已改变了方向，它们不是通过作者的"向后看"来进行，不是如一些古典作品那样遵循"先作恶，后认识"的规律，而是以恶（力）的放任的突进本身来达到认识，也就是说当人企图深化认识的时候，他只能借助于身体的丑恶表演，而不是头脑里的推理。这样也就将无意识、生命的冲动、创造性等推到了首位。于是读者在阅读这样的作品的时候没有固定的思路可循，一切都有赖于自己的审美的积累，以及创造潜力的调动。此种类似于创作的阅读使读者可以跟随作者进入同样的灵魂的层次，从而在那里发现自省精神的起源，弄清这种精神如何通过作品而发展壮大，它的对弈的格局或形式又是怎样在作品中贯穿的。弄清了这一点也就是弄清了人性中的基本矛盾，以及困扰着艺术家的那个表达的问题。读者将会看到，这两位作家是最为专注的"纯"作家。他们对艺术的虔诚丝毫不亚于宗教的狂热，而那种从生命出发的自省也同宗教的宗旨不谋而合。同时也就使作品具有了这样一种特色，即所有的描写都同日常的现实密切相关，但所有的描写都是"醉翁之意不在酒"——它们说的不是日常的现实，而是另一种不为人所注意的、前景更为广阔的现实，在那种现实里，善恶的社会界限消融了，人所面对的永远是，也只能是自己。如果一个人不愿在精神上灭亡，他就只有把内部的搏斗进行下去。因为处在这种条件下的人，他所做的一切，全是他的理性所要否定的；也因为处在这种条件下的人，除了遵循理性的暗示用邪恶的淫欲来发泄他的活力，将理性本身踩在脚下，就没有第二条路可走，除非他不活。自省精神遵循历史的规律发展成了今天这个样子，的确是很多人所不曾料到的，这也是为什么大多数人面对真相无法认同，这类作品的底蕴鲜为人知的原因。真正的艺术家是人类的良心，他们不会掩盖任何东西，他们要做的就是将真理揭示出来，哪怕这真理是吓人的东西也绝不妥协。他们那遭到自己理性严厉否定的生命体验，全是为了一个永远达不到的目标。当自审咬啮着他们的灵魂，让他们在痛不欲生之中生活时，艺术精神就在孕育之中了。所以没有类似体验的读者也进入不了这种作品。又由于毕竟是一种表演，这种自审还具有游戏和恶作剧的性质，那里面透出的幽默和自虐传达着这样一个信息：就仿佛对自己的伤害越深，越厉害，自己越有快感，因为只有如此，灵魂才有救。于是卡夫卡将K判死刑押上刑场，博尔赫斯设计多种迷宫来杀死他的主人公，在这种以假乱真的阴谋设计中将灵魂的张力发挥到极限，在文字后面处处透出恶魔般的乐不可支的形象。这种游戏同一般的文字游戏或结构游戏又有一个根本的区别，即它是个人内部自我的分裂，是生存状况的直接显露，是以自身做牺牲的极其严肃的玩笑，而不是充斥于中国文坛的那种观念先行的游戏。做这种高超的游戏需要高贵的气质，以及一种同死亡下棋的特殊本领。也就是说这种游戏绝不是可以刻意为之的，因为它是致命的。人如果从来没有被逼到过九死一生的地步，他也创造不了这种高级的艺术，当然这种逼迫与外界无关，是艺术家自身那稀有的天分使然。

另外一个一目了然的相似性便是两位艺术家作品中的那种纯净度。这种纯净反映在结构、词语、行文和思维方式上头。读者在阅读时会经常感到困惑：作家的冥想是如何超越现实与虚无之间的巨大鸿沟，而直接就将二者看作一个东西，并将这种感觉传达出来的？拥有这种有毒的目光的艺术家，是怎样在毒汁漫溢的环境里营造那透明的空中楼阁的呢？答案要到作品本身里头去找。身处极端的矛盾中，被现实的沉渣压得喘不过气来的艺术家，是在沉沦的身体的盲目挣扎中洞悉自由的奥秘。从沉沦的第一天起，他就自发地感到了，那寓言般的境界正是由于肢体的笨拙的运动而出现，人为了维持那种境界的纯度只能借助于陷在泥淖中的肢体的力的不断爆发。于是他就爆发了。这是种上瘾的运动，一种无法停止的运动；越死死纠缠，越拼力奔突，自由精神越张扬；每一句话，每一个形象，每一种场景，都透出无比强烈的升华倾向，透出艺术家从现实中超拔达到自由的惊人气魄。的确，这是种自由的写作，其纯粹的表达同人们的套路思维无关，萦绕在创作者心头的只有那个用挣扎的力所构建的水晶般的世界，除此之外一切在他心目中都等于零，他不想说，也绝不会说关于那个世界以外的事。这种铁一般的一致性当然只会出自极其高傲的心胸，以及同这心胸相配的境界。因为这，我们应当将这两位艺术家的作品看作那种尖端艺术，这样的艺术读者会比较少，因为如此地执着于灵魂最深处的人在人类中毕竟是不多的；但人类因为有了这样的人，精神的价值才得到进一步的提高。两位深海的探险者打捞上来的，是稀有的精神瑰宝，对这种瑰宝的认识和研究，将会极大地开拓人的精神视野。同那些不食人间烟火的冥想者恰好相反，两位艺术家对于自身肉体生活的迷醉都超出了常人，不然的话他们也就不可能获得那种幽微的洞察力了。妙就妙在这种转化上头；在肉体上，他们是"用二十只手"抓住生活；在精神上，他们面对永生的可怕恐怖仍然要永生，每时每刻永生。"……每一个举动（以及每一个思想）都是在遥远的过去已经发生过的举动和思想的回声，或者是将在未来屡屡重复的举动和思想的准确的预兆。"[4] 被浸在毒汁中的躯体就是这样获得免疫力的。超拔绝不是机械的脱离，而是那种辩证的飞升；肉体仍在泥泞中，透明的王国则在天上。追求纯美意境的执着还导致了对语言古典功能的颠覆。凡所说的，不再是大家所公认的东西，反而是大家从未听说过的、陌生的东西。例如《审判》中所演出的艺术家自己对自己的审判；《城堡》中将灵魂的城堡、人类最高的追求比喻成一个官僚机构；《美国》中戏拟狄更斯的古典小说，演出反古典的、人的灵魂成长的历程。[5] 在博尔赫斯的所有小说中则成对应地讲述着同样的灵魂的故事——《心狠手辣的解放者莫雷尔》用奴隶贩子来比喻精神的解放者（原始创造力）；《女海盗秦寡妇》则用一名杀人不眨眼的女魔王的形象来凸现艺术生存的狂放和叛逆的姿态，以及艺术同最高理念的关系，等等等等。读这样的纯艺术必须懂得一点心灵的魔术，才能同作者一道在上下两界之间作那种惊险的飞跃。相反，按常识得出的结论全是站不住脚的。作者在文中叙述的是美本身，而不是美丽的事物；是时间本身，而不是事物中的时间特点。不明白这一点，不将立足点全部转过来，就会只看见社会批判学意义上的表面的东西，那种印象往往导致对作品的全盘误解。多年以来我们一直将卡夫卡的作品看作对官僚体制的控诉，对小人物的同情；将博尔赫斯的小说看作土著民族的魔幻神话，高超的智力游戏，这种观点妨碍了我们的视野，使我们的阅读成了僵死的、狭窄的阅读，不但不能进入作品的核心，反而一直是朝着相反的方向徒劳地努力，得出很多似是而非的、站不住脚的结论，甚至用僵化的思想观念来代替艺术的感觉。

两位艺术家在追求纯美的境界时都受到那种双重的折磨，一方面他们要抛弃这个毫无价值的折磨他们的现实世界，另一方面他们所追求的终极境界里又有他们最最害怕的东西——它是卡夫卡《地洞》中那头不露面的怪兽，它是博尔赫斯的《永生》中地狱里那些令人发疯的物件，它是最后的美。终极之美究竟是什么呢？它就是每时每刻向人逼近的、生命终结时的意象，一个无声无形，而又无处不在、永永远远不消失的"死"。为了达到这个自己最怕的意境，艺术家耗费了一生的心血，将生命一层层剥掉，在最最痛苦的冲动下朝那个方向突进。艺术家为什么要这样生活呢？当然不是发疯或变态，而是自身的生命力使然，或者说他们是为了奏出生命的凯歌。他们进行那种尖端体验时，毫无价值的现实世界就获得了永恒的价值，因为对于"死"的感觉，只能是，也永远是属于生命的。当人企图达到生命体验的极致之时，他就同死亡接轨了（参看《德意志安魂曲》中犹太诗人耶路撒冷的段落）。但这种"纯"感觉又是多么的折磨人啊！当K凝视永恒的城堡，当博尔赫斯的主角待在永生的城楼上时，他们的痛苦一点也不亚于他们在现实中遭受的痛苦。两位艺术家都向我们证明了：没有人所承担不了的痛，人不但能承担，还主动追求痛，痛是人达到永生的唯一途径。于是K故意寻衅来让自己受挫，让自己离头上的庞然大物越来越近；永生人则待在离死亡废墟最近的火坑里，让躯体变得像洞穴动物一样粗糙，倾听着废墟上传来的神圣召唤。这种可怕的、受虐狂似的追求，它所达到的紧张感和恐怖感，在其他作家中是很少见的。作家就像在自己为自己设陷阱，以便一头栽进黑乎乎的深渊，去体验那无依无傍的、恐怖的自由感，并且还要回过头来清算这种感觉。双眼全瞎了的博尔赫斯和终于与世俗生活隔离的卡夫卡，他们最后的意境是越来越美、越来越空灵的意境，即便如此，他们对于那纠缠了他们几十年的人世间，依然是怀着情人般的、折磨心灵的爱。

浓烈的诗的氛围是两位艺术家的作品的一大特点，这些小说毫无例外地可以称之为诗。文中的诗性精神同我们熟悉的那种类型完全不同，甚至相反。它不是圆融、消解，在模模糊糊中统一，从入世到淡泊放弃的出世，也不是终于在消灭肉体的前提之下升华到大自然里头去，成为具有山野之美的草木的同类。这里的诗性精神如同《哈姆雷特》中那个大写的"人"——先王的幽灵，它的出现预告着灵魂内的战争，没完没了的扭斗与杀戮，永无出头之日的挣扎，而诗的境界就在那当中产生。什么是诗性精神？说穿了不就是人对死亡的态度吗？两位艺术家那诗一般的小说使读者深深地感到，他们远比我们活得痛苦，真实、有深度。在死亡之门的面前，博尔赫斯以其坚韧的冥思，冷峻而沉痛的挺进姿态铸成了人的无畏的身影；而卡夫卡则以热血的情怀，激烈而野性的撞击向世界高唱生命之歌。这样的诗意不是那种消除肉欲的解脱，淡漠的飘逸，返回童年的退化似的还原；这是成年人的诗意，是自我折磨，敢做敢当，面对吓人的真实毫不退却，反而要深入进去弄个水落石出的那种诗性精神。这样的诗性精神不是随便就可以承担得了的，所以艺术家在这方面有点像耶稣。想想卡夫卡的三部曲吧，那漫长恐怖的、炼狱般的精神生活，那连头颅都要被打扁的剧痛的体验，那每走一步都被抽去落脚点的悬置处境，绝对是超出了一般人的神经的承受力的。再想想博尔赫斯那些自愿被囚禁在深深的地牢中的囚徒吧，他们"像动物一样只顾目前"，[6]视肉体的剧痛为无，死死执着于自己的冥想，每一瞬间都不放弃永生的体验，还有什么比他们更像诗呢？在日益现代化的社会里，如果还有诗人或诗的读者出现的话，他就必然会是这两位先行者的同类。

　　贯穿于他们作品中的还有那种彻底的虚无感，以及对于这虚无感的勇敢的承担，在这一点上两位艺术家都达到了人所能达到的极限。虚无感产生于对"死"的凝视，凝视是一种可怕的酷刑，没有人能够坚持很长的时间，人只能像凝视城堡那样，看一看，随即便移开了目光。有一种特殊的凝视，这种凝视自始至终目不转睛，并且还伴以花样百出的表演来强调、突出这种凝视。这便是艺术家用杰出的分身术在作品中做到的凝视，那种化解一切生命，给人以迎头痛击似的凝视。被城堡"愣愣地"盯视，被地下室里的"阿莱夫"穿透了灵魂的人，领略了虚无感那压倒一切的强大之后，如果他还没有被征服，那他就拥有了一件秘密的武器，这种武器让他战无不胜，能够写出像《城堡》《永生》这样的史诗，能够通过写作一次又一次地死而复生。外乡人 K 在城堡中的全部历程就是一次又一次地被抽空生存的立足点，成为一个"什么也不是"的异类的过程，他的表演证明了人可以在"什么也不是"的状况中仍然积极地生存；人不但生存，还要给这毫无意义的生存赋予全新的意义。而住在城堡的人的身份全都是基于某种虚构（即生以死为前提），每个人都只有拼命挣扎，进行殊死的斗争才能维持或获取自己的身份，否则那身份即刻就消失。即使有了某种身份，那身份正是最靠不住的东西，一个永久折磨他的对象。为此村长在窒息人的真空中奋力求生，无怨无悔地累得病倒在床上；奥尔伽成天沉醉于那种"无中生有"的发明，不但变魔术似的将她弟弟变成了城堡的信使，还为全家与城堡建立曲折的联系不懈地努力；失去了身份的老板娘则用纯粹的想象来维系自己的尊严，在自己凭空营造的氛围里英勇地抵抗着虚无的进攻；弗丽达更是为了证实自己的身份（克拉姆的情妇）不惜陷在生活的痛苦纠缠之内，弄得身心憔悴不堪。可以说，城堡的每个人都在对虚无的作战中写下了可歌可泣的诗篇，而前提又是对于虚无的无条件的体认。这种奇异的风景虽可以在古典作品（例如《哈姆雷特》）中看到，但如此大规模的、结构巧妙的展开，以如此密不透风的方式排除了现实的入侵，这还是第一次。在博尔赫斯的《阿莱夫》和《永生》中，虚无感引起持续不断地咬啮人、窒息人的痛，人要承担自己肢体被无情撕裂的恐怖和剧痛。《阿莱夫》的境界把一切"有"变成"无"，把美女变成恶魔，人如果没有钢丝一般的神经是绝对受不了的。诗人经受了这一切，这一切就成了他的秘密武器，使他能掩饰弱点，赢得运气，产生出伟大的诗篇。文中天翻地覆般的情感起伏正是作者在生死之间的飞跃。《永生》中则可以看到人是如何将灵魂的衣衫一件一件脱下，直至将无限宝贵的皮囊全部委弃于地，只剩下一个赤裸裸的"魂"，一个连一股气都算不上的透明的、无比痛苦的存在。人就是为了要在这种彻底的虚无中生活，抛弃了人世间的一切，搬到那可怕的城楼的边缘，住在炎热的洞穴中靠吃生蛇为生，以便可以日日呼吸到高处飘来的虚无的空气。人同那永生的城楼既相辅相成，又永不妥协地对峙着，最恨的与最爱的是同一个东西。

　　与虚无感同时到来的，是那种新型的幽默精神。我们可以从果戈理和塞万提斯等人的作品中找到这种幽默的根源，然而也可以看出，卡夫卡和博尔赫斯的幽默较之古典的幽默已大大地发展了，幽默已经从外部彻底转向了内部，身临其境自己同自己过不去，轻松的戏谑完全消失，代之以自虐的快感，将"痛"和"快"的张力都发挥到极致，给人一种魔鬼似的异质的印象。就好像人非要以这种极端的方式来嘲弄自身，践踏自身，才有可能触动灵魂似的；就好像人的精神发展到这一步，一定要在分裂中自相残杀，达成那种怪异的牵制，来将不可解的矛盾推动向前似的。进入两位艺术家的境界的读者都会深深地体会到，在那样的氛围之中，人要活下去是多么的不可能。艺术家为了将这一点表达出来，为了将自己对自己活着这件事感到的深深的羞愧通过表演再现，自我幽默是最好的方式。这种幽默以其特殊的爆发力让读者战栗，让读者从心灵深处生出无比痛快的共鸣，同时也让读者坚信：人毕竟还是有活下去的理由的。在一种始终不变、逐步深化、逐步激烈的幽默中，卡夫卡的主人公由懵懂急躁的反抗（《美国》），到理性占上风的、冷静的反抗（《审判》），最后演化为随遇而安的，甚至如鱼得水的反抗（《城堡》），从而登上了那种最高的境界，清晰地看到了生命本身那幽默的本质。人不向死亡屈服，偏要一边幽默一边活，这本身就是最有说服力的活的理由。博尔赫斯的幽默则以其打破世俗界限的超然上演着关于精神普遍性的好戏。在他的世界里，一切外界的传说和事件都被他用来作为宣泄灵魂痛苦的工具，作为嘲弄自身"弱点"的意象，其巧妙的寓意令人叫绝。博尔赫斯的绝望的幽默不是让人放弃希望沉沦下去，而是以那种消灭了善恶界限的最彻底的姿态为人做出活的榜样。两位艺术家的幽默的内核都非常一致，都有自虐的特点，都有发自最深处的快感，以及那种近乎妖孽的策划陷阱的嗜好。就是这种嗜好促使作者想出那种怪诞的情节，将戏剧性的表演推向高潮。这种嗜好来自孤独中的自由冥想，绝望中的奋力迸发，它是源源不断的灵感的生发点，是不服输的棋手的特殊品质之体现。领略了两位作家魔鬼似的幽默的读者，经常会联想到作家本人的气质和他对生活的认识。的确，只有那些对生活过分严肃，过分坚持理想主义，一心一意要做一个"好人"，从而搞得自己处处碰壁、无路可走的人，才有可能发现这条曲折的宣泄通道。这是过来人的深邃体验，这种体验境界同正人君子绝缘，专门向猥琐的小人物展开，让那些黑暗中的游魂得到精神上的慰藉。在同质的幽默的发挥上头两位作家还是有很大不同的。卡夫卡的幽默是艺术狂人和不动声色的哲学家二者的配合表演（想想克拉姆和K之间的关系吧），高潮迭出，妄想联翩，充满了魔鬼附体似的激情；博尔赫斯的幽默虽然也异想天开，相对来说比较沉静，那是深思熟虑之后的结晶，长期辛酸苦闷的积淀。也许可以把卡夫卡的幽默称之为进攻型的，将博尔赫斯的幽默称之为防守型的；前者奔放、充盈、丰富、情趣万千；后者巧妙精致。二者在幽默的深度上却非常一致。

读卡夫卡和博尔赫斯的小说，你还会处处感到作者那种要自己来充当上帝的气魄。他们不是要制造出这个世界里的东西，而是要造出从未有过的东西；他们不是要讲巧妙的故事，而是要讲不可能出现的奇迹。他们的作品里有一条界线，那就是凡是已有的，全不是他们感兴趣的，他们的兴趣仅仅只在那种混沌的、孕育着"有"的"无"当中。处在有与无之间的迷雾后面的城堡和可以将他们的新世界邪恶地增殖的镜子，就是这种创造物——一种说不清道不明的存在。这是一种斩断了记忆的创造，艺术家要获取的，是仅仅属于他自己的纯粹的时间，这种时间同外界无关，只能从生命本体的最深处以自力更生的方式生发出来，其过程也许很神秘，其形式却是可以把握的。下面的一段话很形象地描绘了这种创造：

▶ 他知道，模造杂乱无章的梦是一个男子汉所能从事的最最艰难的工作，即使悟透了超级谜和低级谜也一样。因为它远比用沙子搓绳或者用无形的风铸钱困难……为了使工作得以重新开始，他等待着满月的到来。到来之后，他利用下午的时间去河里沐浴净身，还礼拜了天上的神灵，念过了一个强大无比的名字的标准音节，然后睡觉。他几乎立刻做起梦来，伴随而至的是一颗心脏的跳动……终于，他有了一个完整的人，一个不能站立、不会说话、双目紧闭的小伙子……他苍白地感到了宇宙的声音和形态。他离去的孩子便是靠心灵的这些细微感觉哺育成长的……魔法师自然也担心那孩子的前途。因为他是自己在一千零一个秘密夜晚里，一点一滴、一丝一毫地想出来的。(7)

那位魔法师就是艺术家本人的化身。他要造出他的世界里的第一个人，这个人是一个影子，同时又是最真实的存在，魔法师在虚与实的两难中打磨着自己那痛苦的精神，奇迹终于发生了。

再看看卡夫卡是如何描述的：

▶ K 这一阵一直在睡觉，虽然并不是真正睡着，而是迷迷糊糊半醒半睡，也许在这种状态下他听比尔格说话比起先前在那种困得要命却硬挺着不睡的状态下听起来更清楚，比尔格的话一字一字地撞击着他的耳鼓，但厌恶感减弱了，他感到自由自在，现在已经不是比尔格揪住他不放，现在只是他在时不时地向比尔格的方向伸手摸索，唯恐失去这种享受，K 还没有深深沉入酣睡的大海，但已经泡进睡神为他预备的一池清水当中了。谁也不许再来抢走他的这点小小的清福！这时他依稀觉着自己似乎取得了一次巨大的胜利……(8)

卡夫卡要让他的主人公成为上帝，把命运抓在手中，为此主人公只能运用那唯一的武器——幻想，来同现实、同已有的陈旧的记忆对抗。他在灵魂最清晰的状况中（身体半睡半醒），在理性丧失了防御能力之时，勇猛地直抵核心之处，在那里演出了颠覆的好戏。

工程仿佛是难以设想的，其难度正如卡夫卡要将万里长城修建成通天塔。可两位艺术狂人就是要成就难以设想的事，他们的理想不在这个世界里，而那个世界，要靠他们自己从空虚中创造出来，这种创造又是建立在对已有的世界的否定之上的。就这样，他们自己成了情绪阴郁的人，因为要彻底否定，因为要抽空存在的根基，也因为自己的创造得不到证实。每进行一次创造，伴随喜悦而来的，总是那同一不变的失落感，作者找不到参照来说明他的作品，只能用再次的创造来使自己确信，而那再次的创造带来的又是更大的失落，如此恶性循环，没完没了。这种情况是由这种新型创造的本质所决定的，艺术家因而背上了沉重的十字架。

不论从整体还是从单篇来看，卡夫卡和博尔赫斯的小说都是一种达到了新的高峰的现代寓言。在一种绝对理念的支配下，他们不约而同地将日常生活变成了寓言，因而让阅读者在寓言中有身临其境的感觉。如此彻底的颠覆和纯净的升华在以往的文学中是很少看到的，从中读者也可以窥见艺术家们对精神那种偏执的关注，那种不顾一切的沉迷。他们永远不说庸俗的话，他们写下的任何一个句子都与世俗无关，如果读者带着世俗的问题到作品中去找共鸣，那绝对是找错了门。这样的作品是灵魂的寓言，人先要解决灵魂的问题才能从根本上解决世俗的问题，当然所谓"解决"也不过是挑起矛盾，启动自审的机制，在寓言的意义上重新认识自身的一切。特殊种类的文学要用特殊的方式来阅读。新型的现代寓言第一次集中地提出了精神的无限性或时间的永恒性的问题，它使读者相信，真的有一个与我们大家公认的世界并存的独立王国。作者已经在寓言中将他追求这个王国的全过程记录在案，当中既描述了王国对他发生作用的情况，也描述了他的生命冲动如何反过来改变王国的形式的情况，所有这些都历历在目，并能引起读者的共鸣。这样的文本往往给初次接触它的人一种意在言外的陌生感，只有那些在灵魂旅途上经历了沧桑的人才比较容易抓住核心。

▶ 当时我便恍然大悟，这不是指西班牙人居住的那条大街深处的圆屋顶大楼，而是指某种更神秘、更重要的事物。当人们谈起世界代表大会时，一些人讲得隐讳莫测；另一些人则放低声音；还有一些人则显露出警觉或好奇的神态……对我来说，有着某种梦幻感觉的世界代表大会，仿佛要使它的代表不慌不忙地去发现它所追求的目标，以及了解他们的同僚们的名和姓。[9]

以上是博尔赫斯在《代表大会》中关于那个王国的描述。主人公经历了精神炼狱的历程，达到大彻大悟的境界之后，也明白了人要让那个王国再现，就必须进行梦幻的创造，在创造中来感受王国的存在。人并不一定要改变外部的生活，人只要改变自己的心灵，就能不断接近那个王国，因为改变了心灵的人的生活已在寓言的观照之中，人只要不放弃已获得的精神状态就可以了。

卡夫卡则是这样描写那个王国的：

▶ 城堡的轮廓已渐次模糊，它仍一如既往，一动不动地静卧在远处，K还从未见到过那里有过哪怕一丝一毫生命的迹象，或许站在这样远的地方想辨认清楚什么根本不可能吧，然而眼睛总是渴求着看到生命，总是难以忍受这一片死寂。每当 K 观看城堡时，他往往有一种感觉，似乎他在观察着某人，这人安然静坐，两眼直视前方，但并非陷入沉思而不能对周围事物作出反应，而是自由自在、无忧无虑，犹如一人独处……[10]

他的主人公通过凝视感到了寓言的存在，这个寓言不是由他想出来的，而是由他通过竭尽全力的奋斗创造的，他创造了寓言，他的生活也就成了寓言的生活，除此之外不存在别样的生活。所有那些辛酸、痛苦和恐怖，不都是由于人执意要追求高尚的精神生活，妄想把世俗的生活变成城堡似的寓言吗？主人公就是因为否定了世俗，才会发了狂似的向城堡突进的。

读者进入这种寓言的感觉是分外新奇的，那就像一次脱胎换骨，周围的一切都熠熠生光，都在讲述着那个古老的、永恒的故事，人的思绪被带到很远很远的，从未去过而又无比熟悉的地方，那里也许是故乡，也许是葬身之地，一切曾拥有过的，都在那里得到了新生，世俗里的一切都像变魔术一般获得了永恒，而音乐般的讲述永不停息：

▶ 傍晚有一个时刻，平原仿佛有话要说；它从没有说过，或许地老天荒一直在诉说而我们听不懂，或许我们听懂了，不过像音乐一样无法解释……[11]

博尔赫斯和卡夫卡的作品中处处充满了张力，这种张力之大超出了世俗的判断，使人不由得联想到它必然来自一种极其强韧的心灵。读他们的小说，你会经常联想起鲁迅的名篇《墓碣文》中的话：

▶ ……于浩歌狂热之际中寒；于天上看见深
渊。于一切眼中看见无所有；于无所希望中
得救……

当作家对自身的存在厌恶到了极点，绝望到了极点，眼前一片黑蒙蒙时，如果他仍拒绝放弃生命，他就会获得那种辩证的眼光，这种眼光不但可以解救他，还能促使他在接受现实之际不放弃追求。并不是作家向丑恶妥协了，只不过是他明白了这丑恶是生命的前提，他只能在默认它的同时，又与它进行不懈的斗争，由此就形成了那种难以理解的巨大张力。由于这种张力来自根源之处，所以是无限的，即，人的行为无论多么荒谬，也是出自那扭曲的人性；人的存在无论采取多么丑陋的形式，对美的向往是其根本。对立的两极以古怪的方式纠缠在一起，"像阳光般金光闪亮的猛兽和像夜晚一般黝黑的人"(12)总是不分离；最美的美女特奥德里娜在死亡之际用蔑视一切的表情表达着对自身丑陋的超越；(13)最阴险的、无耻的杀手原来就住在自己的内心；(14)残暴的奴隶贩子莫雷尔成了令人赞叹的艺术冲动的象征；(15)希特勒成了人向灵魂勇敢进取之力。(16)在卡夫卡的作品中则处处笼罩着理想之光，那种永恒的光，映照着地狱里的生活，让爬虫一般的小人物怀着鹰的自由的梦想。在他的三部曲里，你可以感到天堂之光是如何从最初的朦胧中喷薄而出，直到最后照亮整个灵魂的过程：

▶ ……那是一个由扭曲了的人的形象和各色各
样车辆顶盖组成的、不断重新组合着的混合

物，从中还升腾出一个新的、猛烈增加的、更狂乱的由喧闹声、尘土和各种气味组成的混合物，而这一切则被一束巨大的光线攫住和渗透，它一再被大量物件分散带走并且又热情地带回来，对于受迷惑的眼睛来说它显得十分有质感，仿佛在这街的上空一块盖住一切的玻璃板每时每刻都一再被人用全力打碎。[17]

就是这一束来自天堂的光伴随主人公一直到了城堡，使他在无比下贱绝望的处境中不曾堕落，在"做坏事"的时候脑子里不曾黑蒙蒙。他在认识了自身深重的罪恶之后还要承担着这罪恶引来的恐惧去撞击那唯一的城堡之门，如果不这样的话，阴森的死亡屠刀就会落下来。需要一种什么样的卑贱与顽强，人才能在这双重的夹击之下死里逃生啊。表面的脆弱只是种假象，当心中有了天堂之光后，人就会变得无耻、胆大、狡诈。贪婪，像博尔赫斯笔下的那些恶棍一样，区别只在于艺术家是为了灵魂的生存，而灵魂又不得不依附于肮脏的肉体。只要人还有一口气，人就不会停止对自身的批判，在灵魂的事务上不存在温情，矛盾双方的对峙早已白热化，这一点是由历史决定了的。

由于天生的一双慧眼，艺术家看见了灵魂深处的可怕景象，他不是像一般人那样很快地掉转目光，他反而长驱直入，向人性的根源之处进发，把这当成终生的事业。像古代骑手一样，他用无数次野蛮的冲锋来同自己的影子较量，在获取胜利的狂喜之际深感彻底失败的悲哀。

值得注意的是两位艺术家的小说都堪称在潜意识的艺术探索方面是走得最远的。读他们的小说，你会深深体会到，人的潜意识或灵魂深处绝不是一团糟的、无规律可循的世界。进入那里头之后读者才会恍然大悟，原来真正混乱而又不真实的，其实是外面这个大千世界。也许因为那种地方只存在着人所不熟悉的真实——那种沉默的、牢不可破而又冷漠至极的东西，进去探索的人在最初往往是一头雾水，辗转于昏沉的混乱中不知如何是好。但这只是最初的感觉，只要坚持下去，世界的轮廓就会逐步在头脑中呈现，那是会发光的轮廓。当然这并不是说，认识就因此已经达到；那是一个无限漫长的过程，每走一步都像是从头开始，目的地永远看不到，如果你因为疲乏而停止脚步，世界的轮廓马上就在你头脑里消失，而你将被周围的黑暗所吞没。将这类作品与那些观念先行的作品区分的最好方法就是看人是否有可能一开始就一劳永逸地"把握"作品，凡是可以把握的那些，都不是出自潜意识的创造，而是出于理性的构思。潜意识创造的文学给人类的认识开拓了一个无限丰富的新领域，这个领域的探索绝对不是弗洛伊德的心理学可以取代的，所以博尔赫斯在小说中借艺术家奎因的口，对那种用弗洛伊德的心理学来滥套文学作品的做法表示了深深的厌恶与反感。他在《巴别图书馆》这篇故事中将他所感觉到的潜意识世界作了一番生动的描绘——人在那个有着六面体的世界里做梦，在梦中达到认识的无限性。参观了巴别图书馆，领略了它那精致绝伦而又变幻不定的结构之后，人对自己的潜意识的世界除了感到由衷的赞叹之外就是那种不能把握而又企图把握的痛苦了。这是块试金石，它试探出人的勇气、力量和创造欲。卡夫卡的潜意识行为更为狂放，一种来自心底的强力的朦胧情绪统领着他的全部叙述。可以肯定，在创造时一切都没有被意识到，只是那从未见过的风景引诱着作者的笔比他的头脑先行。从作品里处处可以看出，人的理性意识是多么的笨拙和机械，多么无力而又苍白，就像那个永远在犯错误，一心要痛改前非却又屡屡重蹈覆辙，笨头笨脑的K一样。然而理性意识虽然有这样多的缺陷，它却是人唯一可以用来监督自己的潜意识活动，不让它浮出表面的、最为忠实可靠的严师。潜意识的创造也只有借助于它的清醒的认可才能发挥出最大的效力。所以读者在感到作者那种狂野想象的迸发的同时，也会感到背后那种高超理性的引导。这种特殊的引导并非像一般人理解的那样是一种限制，而是相反，它是解放，是对于潜意识的更深的开掘的启示。正如同城堡官员克拉姆对K的不断启示：闯得头破血流也要继续往前闯，越用力越有希望。这就是艺术家那有独特用途的、反对常规理念的理性，这样的理性艰深地嵌在文本之中。

文中还有一种来自生存处境方面的特征就是表达上的模棱两可。不论是描述还是人物的对话，你都能感到那种矛盾的撕扯。读者总是无法确定，究竟是这个意思呢？还是相反的意思？作者到底要表达什么？如果你遵循以往的阅读经验去揣测，那简直是缘木求鱼。实际上作者的意愿就是一个矛盾，作者不能干干脆脆地确定自己要不要活（也许他确定的是自己该死），只能等待他体内的冲动来做出最后回答，他的文本就是对他自身这种状况的忠实记录。卡夫卡往往以饶舌的叙述来表达其隐秘的意志，只有当那意志挣脱了对立面的纠缠时，读者才会恍然大悟，明白种种的纠缠究竟是为了什么。在《审判》中，K逢人就要解释，那是种极其烦人的解释，他周围没有人听得懂（很可能是故意不懂）。他一遍又一遍地向房东、毕小姐、叔父等人唠叨着自己的"清白"（活的理由），每次都要从头说起，寻根探源，把自己说成一个好人，但每次都被对方的态度所否定。然而这种否定真是那么绝对吗？深入地体会就会发现，K周围的每一个人都是法的看门人，他们对K的拒绝实际上是种特殊的引诱与邀请。他们引诱K向法的大门不断发起冲击，邀请他进行一次又一次的决斗。所以表面的拒绝根本不是拒绝，而是相反；表面的判死刑其实是促使他活得像个真正的英雄。整部小说就是这种暧昧意志的曲折表达。目睹了主人公经历的那些顽强的挣扎之后，你会感叹那种生的欲望是多么了不起，哪怕是最严厉的自审也消灭不了它，只是从反面促使它变得更加强烈了。于是在《审判》中被执行了死刑的 K 在《城堡》中又以更加惊人的活力新生了，其表演也更为潇洒。而在博尔赫斯的故事中，总有一种强大的力席卷着主人公，将他带向死亡迷宫的核心。从表面看似乎也是他要他的主人公死，只有深入进去才知道原来那是一种相反的意志，这种意志由于密不透风的自审而难以伸张，要靠主人公杀出一条血路来。如前面提到的对于平原的描述，平原究竟要对失去了肉体自由的主人公说什么？当然是要他仅仅用自己的脑袋去获得精神的自由，去体验最高级的"活"；对于那种体验，语言是干燥的，那么抛开语言倾听平原的音乐吧。各种类型的主人公，都被逼到那种生死相交的境地，是因为艺术家要通过他们每一个人去体验那种高浓度的活法，那种自己与自己决斗的、刀光剑影的生活。

现在我们明白文中模棱两可的描述的根源了，它来自艺术家对自身的彻底批判和否定，来自于城堡似的严厉的自审，当然更来自于艺术家冲破这一切的原始活力。原始的活力发动起来之后，每次都遭到毫不留情的镇压，那镇压不是为求得内心的平静，却是为了挑起更疯狂的叛乱。这样奇怪的表达在以往的文学中的确很少看到，因为艺术家坚信："灵魂可以不要慈悲，单有信仰就足以进入天国。"[18]艺术家的残忍可以达到《城堡》中阿玛丽亚那样的程度，即用拒绝爱情、自愿受难来表示爱情，用不活来活，由此读者也可以看出他的内心是何等的阴暗。

两位作家的小说里还充满了关于自由的崭新的阐释，那种哲学意义上的阐释是有悖于人们的世俗理解的。自由是卡夫卡一开始创作就接触到的最大的问题。在《美国》中，少年卡尔一到美国就看到了自由女神像，他渴望自由，但他还不知道自由是什么。直到他历尽了苦难，读者才能慢慢悟出，原来他所经历的这一切正好是他所渴望的自由生活。而自由本身是什么呢？它是从悬崖上跳下落地前的快感；它是被钳制在狭小的棺材里的梦想；它是西方饭店地狱制度折磨下的顽抗与追求；它也是布鲁娜姐那高高的阁楼上面的艺术生活；最后，它还是城堡旅店院子里雪地上那绝望的等待……这样一种可怕的自由，人却要不惜一切代价去追求它，如果不是被内面的欲望逼得要发疯了又是怎么回事呢？像卡夫卡这样深邃的心灵是懂得自由的含义的，他同样也懂得自由意味着什么样的承担，但他又不是通过头脑的推理来搞清这一切的，他用不着推理，因为汹涌的欲望在跃跃欲试，灵感会告诉他一切。与此相对应，博尔赫斯的自由阐释更为阴森，在那种风景里一切生命的气息都要被窒息，却有血红的云浮在空中……《南方》《永生》《马可福音》《凶神蒙克·伊斯门》《另一次死亡》等等等等，一系列的意象令人战栗，中了魔的艺术家一头扎进那种氛围的营造中，就仿佛越恐怖，越不可思议，精神就越能获得解放似的。对于这样阴森的自由，人还有什么可说的呢？所以梦一般的贝雅特丽齐在热情高涨之际说道：

▶ 啊，夜晚，呵，温柔共度的黑暗；呵，爱情宛如
躲藏着的河流在黑暗中流动；呵，在两人结成一
体的幸福时刻；呵，在结合中进入梦乡……[19]

　　语言显得是那样的幼稚可笑，而她给主人公留下的无穷无尽的煎熬就是自由。

　　最后，两位作家在创作中都不约而同地选择了以艺术本身为创作的题材的方式，几乎在所有作品中都紧紧地抓住了这个主题，这在文学史上也是少见的。正如博尔赫斯借他的人物奎因所说的："我不属于艺术，我属于艺术史。"的确，那些最尖端的艺术，讲述的都是人类精神史，即时间本身，也即艺术本身。《美国》中的少年卡尔，在精神之父舅舅、精神之母女厨师长、艺术女神布鲁娜姐等人的协助下，在地狱般严酷的精神生活中磨砺自己的灵魂，终于战胜了自己的幼

稚、软弱和伤感，而渐渐强大起来，成了一名男子汉，同时也就半朦胧半自觉地走进了艺术的舞台——俄克拉荷马剧院。在那里成了艺术家族的一员，由此确定了其终生的追求。更为成熟的《审判》则是表演生涯的记录。K决心要过一种与众不同的生活（哪怕这种决心是下意识的），即，将生活变成表演。他之所以要这样做，是因为内心矛盾的逼迫，因为他再不豁出去当艺术家，他这一生就等于没活。所以成熟的K，自觉地选择了这种险恶的生活方式——用严酷的自审（直至判死刑）来促使生命力不断爆发。K的精神生活因而比朦胧的《美国》中卡尔的生活更为可怕：处处都是陷阱，无论人如何挣扎都是死路一条，人觉得自己失去了活的理由而又还在活。在这个故事中，艺术家通过表演把自己逼上死路，那种忠于艺术的决绝贯穿于故事的始终。写在最后的《城堡》则是艺术境界的大彻大悟。主角K经过了长途跋涉之后，终于又回到了艺术的故乡，但此故乡已非彼故乡，城堡比俄克拉荷马剧院已大大地升华了一个层次，而表演者K，也已成了个非常老练的演员。城堡中的K，已经明白了在艺术的境界里人是找不到活的理由的，唯一的理由便是体内那抑制不住的冲动。所以K为了让山坡上那近乎虚无的透明的城堡寓言活在自己的心中，只能不断地冲动，在冲动中刷新关于城堡的体验，让克拉姆老爷那纯粹的意志通过K精彩表演得到实现，从而在精神上与城堡联为一体——而其实，那城堡本来就是K自身的一分为二。再看博尔赫斯，几乎他的所有的故事，谈论的都是同一件事——艺术的形式感，也就是精神的形式。的确，离开了形式，艺术还能是什么呢？与普遍流行的将艺术庸俗化的潮流相对抗，博尔赫斯用各种各样的故事来展示艺术本身那变幻无穷、美不胜收的形式，以此来讲述他的艺术理想。《心狠手辣的解放者莫雷尔》叙述了原始创造力与最高理性达成一致的壮观场面；《汤姆·卡斯特罗……》叙述了艺术发展的规律；《皇家典仪师小介之助》讲述的是艺术生存的意境；《巴别图书馆》讲述的是艺术境界的探索;《曲径分岔的花园》讲述的是迷宫连环套般的艺术求生;《布洛迪的报告》则提供了来自艺术故乡的传真报道……所有这些,无一例外地执着于那同一个主题,但又给人以出乎意料的惊奇,只因为那件事具有可以无限变化的形式(无限分岔的时间)。

先行者已经逝去了,在那黑暗的王国里,还有人在继续他们那绝望的事业吗?还有人企图重现不朽的时间吗?这问题是属于活着的人的。我深信,心灵一朝被照亮,整个人生都将被改变。勇敢的先行者已经用他们那种英雄主义的生,向我们指明了超越死亡之路,而我们在阅读时发自心底的共鸣,也在应和着他们呼吸的节拍。

注:

(1) 见《审判》结尾。
(2)《卡夫卡全集》第4卷《城堡》,河北教育出版社1998年版,第152页。
(3)《博尔赫斯文集·小说卷》,海南国际新闻出版中心1996年版,第197页。
(4) 同上,第197页和第220页。
(5) 参见《灵魂的城堡》中第一部——"艺术的故事",上海文艺出版社1999年版,第3-77页。
(6)《博尔赫斯文集·小说卷》,海南国际新闻出版中心1996年版,第191页。
(7) 同上,第101-104页。
(8)《城堡》,河北教育出版社1998年版,第292页。
(9)《博尔赫斯文集·小说卷》,海南国际新闻出版中心1996年版,第433-434页。
(10)《城堡》,河北教育出版社1998年版,第107页。
(11)《博尔赫斯文集·小说卷》,海南国际新闻出版中心1996年版,第193页。
(12) 同上,第304页。
(13) 同上,第288页。
(14) 同上,第165页。
(15) 同上,第5页。
(16) 同上,第268页。
(17)《卡夫卡全集》第2卷《失踪者》,河北教育出版社1998年版,第33页。
(18) 同上,第33页。
(19)《博尔赫斯文集·小说卷》,海南国际新闻出版中心1996年版,第444页。

关于残雪

▲ 20 世纪 80 年代，残雪被认为是中国"先锋小说"的开创者之一。

▲ 20 世纪 90 年代后，当先锋作家们纷纷"转向"或者放弃，或者停止"先锋"探索的时候，残雪则独守"先锋"，高扬"先锋"旗帜前行。

▲ 在当代中国作家中，残雪的作品被翻译、出版最多；作品入选外国高校教材最多；在国外，有为数众多的专门研究残雪的机构。

▲ 残雪的作品曾被日本、美国、意大利、法国、德国等十余家知名出版社翻译出版过。日、美两国文学界称残雪为"作家和文学批评家"。

▲ 残雪的小说早已收入美国哈佛、康奈尔、哥伦比亚等大学及日本东京中央大学、日本大学、日本国学院的文学教材，残雪是为数不多的入选的中国作家之一。

▲ 许多国家成立了专门研究残雪的机构，如日本的"残雪研究会"，在 2009 年就出版了《残雪研究》杂志。

▲ 残雪是中国唯一有作品入选享有盛誉的日本河出书房新社《世界文学全集》的作家，其作品被美国和日本等国多次收入世界优秀小说选集。她的三个中篇（《暗夜》《痕》等）四个短篇（《归途》《世外桃源》等）被收入《世界文学全集》。同时入选的作家还有卡夫卡（奥地利）、卡尔维诺（意大利）、福克纳（美国）、米兰·昆德拉（捷克）、玛格丽特·杜拉斯（法国）、布尔加科夫（俄罗斯）、克里斯塔·沃尔夫（德国）、杰克·凯鲁亚克（美国）、包宁（越南）、阿尔伯特·莫拉维

亚（意大利）、伊萨克·迪内森（丹麦）等人。

▲ 2008 年日本《读卖新闻》推介残雪的书，把她的头像与米兰·昆德拉（捷克）、略萨（秘鲁）并置同框。

▲ 西方学者评价残雪时说："毫无疑问，就中国文学水平来看，残雪是一种革命；就任何文学水平来看，她是多年来出现在西方读者面前的最有趣、最有创造性的中国作家之一。"

▲ 美国家喻户晓的明星作家苏珊·桑塔格非常欣赏残雪，她说："毫无疑问，残雪是中国最优秀的小说家。"

▲ 残雪的长篇小说《最后的情人》获 2015 年美国最佳翻译图书奖。此前，残雪还获得了英国《独立报》外国小说奖的提名。历来没有哪位作家在同一年度同时获得这两个文学大奖的提名，残雪是唯一同时得到这两个奖入围提名的作家。

▲ 残雪入围美国 2016 年纽斯塔特国际文学奖。作为一个文学终身成就奖，它提名的唯一标准是"杰出与持续的文学成就"。至今已有二十七位得主、候选人和评委获得了诺贝尔文学奖，因此纽斯塔特国际文学奖被视为诺贝尔文学奖的摇篮。

图书在版编目（CIP）数据

建构新型宇宙——博尔赫斯短篇解析 / 残雪 著 . -- 北京 ： 作家出版社，2019.1（2019.11重印）

（大家读经典文丛）

ISBN 978-7-5063-9622-6

Ⅰ . ①建… Ⅱ . ①残… Ⅲ . ①博尔赫斯（Borges, Jorge Luis 1899–1986）– 小说研究 Ⅳ . ①I783.074

中国版本图书馆CIP数据核字（2017）第188255号

建构新型宇宙——博尔赫斯短篇解析

作　　者：残　雪
统筹、策划编辑：汉　睿
特约策划：朱　燕
责任编辑：翟婧婧
装帧设计：合和工作室·蒋艳
出版发行：作家出版社
社　　址：北京农展馆南里10号　　邮　　编：100125
电话传真：86-10-65067186（发行中心及邮购部）
　　　　　　86-10-65004079（总编室）
E-mail:zuojia@zuojia.net.cn
http://www.haozuojia.com（作家在线）
印　　刷：北京尚唐印刷包装有限公司
成品尺寸：142×210
字　　数：180千
印　　张：6.625
版　　次：2019年1月第1版
印　　次：2019年11月第3次印刷
ISBN　978-7-5063-9622-6
定　　价：48.00元

大家读经典文丛

（残雪六卷读书笔记）

灵魂的城堡——理解卡夫卡

建构新型宇宙——博尔赫斯短篇解析

辉煌的裂变——卡尔维诺的艺术生存

地狱中的独行者——解析莎士比亚悲剧与歌德的《浮士德》

永生的操练——但丁《神曲》解析

沙漏与青铜——残雪评论汇集